à tour de bras

Jean-Baptiste Andrea

Ma reine

Gallimard

À Berenice

Je tombais, je tombais et j'avais oublié pourquoi. C'était comme si j'étais toujours tombé. Des étoiles passaient au-dessus de ma tête, sous mes pieds, autour de moi, je moulinais pour m'y raccrocher mais je n'attrapais que du vide. Je tourbillonnais dans un grand souffle d'air mouillé.

Je brûlais de vitesse, le vent hurlait entre mes doigts, j'ai repensé à l'époque où on courait le cent mètres à l'école, les seules fois où les autres ne se moquaient jamais de moi. Avec mes grandes jambes, je les battais tous. Sauf que là, mes jambes ne servaient à rien. Elles tombaient elles aussi comme des imbéciles.

Quelqu'un a crié, loin. Il fallait que je me rappelle pourquoi j'étais là, c'était forcément important. On ne tombe pas comme ça sans une bonne raison. J'ai regardé derrière moi, mais derrière ça ne voulait plus rien dire. Tout changeait tout le temps, tellement vite que j'avais envie de pleurer.

À coup sûr, j'avais fait une énorme bêtise. J'allais me faire gronder ou pire, même si je ne voyais pas ce qu'il y avait de pire que d'être grondé. Je me suis roulé en boule comme quand Macret me tabassait, c'était un truc connu pour avoir moins mal. Maintenant il n'y avait qu'à attendre. J'allais bien finir par arriver.

C'était l'été 1965, le plus grand de tous les étés, et je n'en finissais pas de tomber.

À force de m'entendre répéter que je n'étais qu'un enfant, et que c'était très bien comme ça, l'inévitable est arrivé. J'ai voulu leur prouver que j'étais un homme. Et les hommes, ça fait la guerre, je le voyais tout le temps à la télé, un vieil appareil bombé devant lequel mes parents mangeaient quand la station était fermée.

À l'époque, il ne passait pas beaucoup de monde sur la route qui descendait vers la vallée de l'Asse en bordure de laquelle nous vivions, oubliés par la Provence. Notre station, c'était juste un vieil auvent avec deux pompes dessous. Autrefois, mon père astiquait les pompes régulièrement mais avec l'âge et le manque de passage, il avait renoncé. Moi ça me manquait, les pompes qui brillaient. Je n'avais plus le droit de les nettoyer tout seul parce que la dernière fois que je l'avais fait j'avais fini trempé, et ma mère m'avait enguirlandé, comme si elle n'avait pas assez de travail comme ça avec un feignant de mari et un attardé de fils. Mon père et moi quand elle se mettait dans ces états, on la bouclait. C'est vrai qu'elle avait assez de travail, surtout les jours de lessive avec les combinaisons raides de cambouis de l'atelier. C'est vrai aussi que quand je prenais un seau, toute l'eau dedans me sautait dessus. Je n'y pouvais rien, c'était comme ça.

Mes parents parlaient peu. À la maison, un rectangle de parpaings que mon père n'avait jamais fini d'enduire derrière la station, les seuls bruits étaient ceux de la télévision et des mules de cuir sur le lino, du vent qui dévalait de la montagne et qui venait se coincer entre la paroi et le mur de ma chambre. Mais nous, on ne parlait pas, on s'était déjà tout dit.

Ma sœur nous rendait visite une fois l'an. Elle avait quinze ans de plus que moi, elle était mariée et elle vivait loin. En tout cas ça paraissait loin sur la carte quand elle me le montrait. Chaque fois qu'elle venait, ça finissait en dispute entre les parents et elle. Elle pensait qu'une station-service dans un coin pareil, ce n'était pas un endroit pour moi. J'avais un peu de mal à comprendre pourquoi parce que la station me paraissait très bien, à part les pompes sales. À son départ, je regardais la carte et je me demandais toujours ce qu'il y avait de mieux, là où elle habitait.

Un jour, je lui ai posé la question. Elle m'a caressé les cheveux et m'a dit que dans sa ville, j'aurais des amis de mon âge, des gens à qui parler. Et peut-être que je voudrais rencontrer une femme un jour ? Les femmes, je les connaissais plus qu'elle ne le croyait, mais je n'ai rien dit. Ma sœur a continué : les parents étaient vieux, qu'est-ce qui m'arriverait quand ils ne seraient plus là ? Je savais que quand on disait des gens qu'ils « n'étaient plus là », c'était pour de bon, ils ne revenaient pas. J'ai répondu que je m'occuperais de la station tout seul et elle a fait sem-blant d'y croire, mais j'ai bien vu qu'elle mentait. Je m'en fichais. Je me réjouissais secrètement de pouvoir un jour briquer les pompes.

Ma sœur avait raison sur un point. Des amis, je n'en avais pas. Le village le plus proche était à dix kilomètres. Les gars de l'école, je les avais perdus de vue depuis que je n'y allais plus. Je ne voyais que les automobilistes qui s'arrêtaient pour prendre de l'essence, et dont je remplissais fièrement le réservoir avec sur le dos le beau blouson Shell que mon père m'avait donné. C'était avant que Shell s'aperçoive qu'on ne vendait pas assez d'essence, ce qui nous avait forcés à passer à une marque italienne qui, elle, n'en avait rien à faire. Mais je mettais le blouson quand même. Les clients me parlaient, ils étaient gentils, il y en avait souvent un pour me glisser la pièce et mes parents m'autorisaient à garder ce que je gagnais. On avait même quelques habitués comme Matti. Mais pas d'amis.

Ça ne me dérangeait pas. J'étais bien là-bas.

Ce qui m'a fait partir, c'est une cigarette.

La vallée sortait d'un hiver dur qui avait carambolé l'été, le pauvre printemps s'était retrouvé écrasé entre les deux. J'avais entendu un client dire ça, j'avais trouvé ça drôle, c'était comme le vent entre ma chambre et la montagne.

Parmi les missions qui m'étaient confiées, je devais remettre du papier toilette dans le réduit marqué *C* — le *W* était tombé et on ne l'avait jamais remis quand on avait constaté qu'il faisait un excellent dessous-de-plat. Le papier toilette, c'était un grand mot pour désigner un journal découpé en carrés, mais c'était justement ce que j'adorais, découper les carrés. Il fallait faire bien attention à ne pas couper un journal que mon père n'avait pas lu en entier. Une fois, je m'étais pris une beigne pour ça et il m'avait forcé à recoller la page des sports, jusqu'à ce qu'on se rende compte qu'un client avait utilisé le carré avec les résultats qui l'intéressaient. J'avais pris une deuxième beigne.

Il était deux heures et il n'y avait eu qu'une voiture ce jour-là, une 4L bleue. Je m'en souviens bien évidemment de cette 4L. La montagne brûlait comme une tôle d'acier derrière la station. J'avais passé une heure à faire du découpage et j'étais

17

entré dans les C, comme on les appelait, pour y laisser le papier. Je ne respirais jamais dans le réduit, j'avais la phobie des mauvaises odeurs depuis que j'étais tout petit. Et même si personne n'avait utilisé les C depuis quelques jours, ils sentaient toujours une odeur désagréable de vieille terre pourrie, une odeur que j'associais à la mort, au compost plein de choses grouillantes que ma mère mettait autour du géranium, la seule fleur de la station. La fleur mourait régulièrement mais ma mère la remplaçait à chaque fois. Mon père avait beau lui gueuler que c'était le compost qui le tuait, son géranium, elle n'écoutait pas.

C'est en sortant de la petite cabane que j'ai remarqué le paquet de cigarettes tombé sous l'évier. Il en restait deux. Je n'avais jamais fumé, mon père racontait toujours comment il avait vu, pendant la guerre, un type qui fumait en faisant le plein et qui s'était enflammé. Il avait fallu une citerne entière pour l'éteindre. Chaque fois que les pompiers croyaient que ça y était, le type se renflammait. Je crois que mon père exagérait pour qu'on comprenne. Chez nous, il y avait un gros signe avec une cigarette géante barrée au-dessus des pompes.

Mais j'étais loin des pompes, loin de la maison, et par sécurité je suis allé m'installer sur le petit promontoire derrière le réduit. J'avais des allumettes sur moi, c'était toujours utile pour brûler un insecte. Un client qui m'avait vu faire un jour m'avait traité de « sale con cruel », mais je me souvenais qu'à l'école on avait disséqué des grenouilles vivantes, alors je ne voyais pas trop bien la différence. « Sale con cruel toi-même », je lui avais répondu. Puis j'étais parti en pleurant, ça lui avait coupé le sifflet. Ma mère était allée parler au type, le sale con cruel, je les avais vus de loin, ils faisaient des grands gestes, enfin surtout elle. Lui, il ne disait trop rien. Au final il ne s'était rien passé. Le type était parti et quand j'avais été sûr qu'il ne pouvait pas me voir, je lui avais montré mes fesses.

J'ai allumé la cigarette comme dans les westerns et après deux bouffées d'essai, j'ai aspiré de toutes mes forces. C'était pire que la fois où j'avais failli me noyer quand j'avais huit ans, les dernières vacances dont je me souvenais — on était montés au lac. Une dame m'avait sorti de l'eau. Sauf que là, en plus, ça brûlait.

J'ai lâché ma cigarette, elle est tombée sur un tas d'aiguilles de pin. J'ai voulu piétiner le mégot, il a sauté, les aiguilles se sont enflammées comme ça, dans un rire d'étincelles, un énorme rouge et jaune qui m'a pris la chaussure. J'ai crié, ma mère est sortie, mon père aussi — il a tout de suite compris ce qui se passait. Dans la région, on ne rigolait pas avec les incendies. Il est arrivé avec un extincteur, je ne l'avais jamais vu courir aussi vite, pourtant il n'était plus tout jeune. À la fin il y avait un carré de terre brûlée sur le promontoire. Pas grand-chose, mais c'était pas passé loin. C'est ce qu'a dit mon père en tout cas. « C'est pas passé loin. » Ma mère m'est tombée dessus comme une furie. Je pense que mon père m'aurait bien cogné, lui aussi, mais il n'osait plus trop lever la main sur moi parce que j'étais devenu grand.

J'ai hurlé que je n'étais plus un gamin, ma mère a répondu que si, justement j'en étais un, et que tant que je vivrais sous son toit, je ferais ce qu'elle dirait, et que j'avais intérêt à me rentrer ça dans ma caboche de douze ans.

Ce soir-là ils ont appelé ma sœur. J'ai tout entendu à travers la porte. Ils croyaient parler à voix basse mais comme ils étaient tous les deux un peu sourds, à voix basse c'était presque à voix haute. Ils ont utilisé le gros téléphone de bakélite de la maison, la seule chose qu'on me laissait nettoyer parce que je ne pouvais pas le casser et qu'il n'y avait pas besoin d'eau. Je le frottais plusieurs fois par jour, il brillait comme du goudron frais, ça faisait du bien juste de le regarder. Et parce que je l'adorais, ce téléphone, j'ai eu l'impression qu'ils m'avaient trahi deux fois.

Ils ont dit à ma sœur qu'elle avait raison, qu'ils étaient maintenant trop vieux pour s'occuper d'un gamin et qu'il fallait qu'elle envoie quelqu'un. Ils lui ont raconté que j'avais *encore* failli mettre le feu, moi je ne me rappelais pas que c'était déjà arrivé. Il y a eu un grand silence pendant que ma sœur parlait, et j'ai compris qu'on allait venir me chercher. Je ne savais pas quand, demain, dans un mois, dans un an, ça ne faisait pas une grosse différence. On viendrait et c'était tout ce qui comptait.

C'est ce jour-là que j'ai décidé de partir à la guerre.

J'avais un plan. À la guerre, je me bat-
trais, on me donnerait des médailles, je
reviendrais et là, tout le monde serait bien
forcé d'admettre que j'étais un adulte,
ou tout comme. À la guerre on pouvait
fumer, on le voyait tout le temps à la télé,
et le mieux c'est qu'on ne risquait pas de
mettre le feu, vu que là-bas tout est déjà
en feu. La seule chose qui m'ennuyait,
c'est que les soldats avaient l'air un peu
sales, je n'étais pas sûr que ça me plairait.
Moi il me faudrait un fusil et des chaussettes propres tous les jours, sinon ça finirait dans les larmes.

À mon retour, plus personne ne par-
lerait de m'emmener. Peut-être même
qu'on me donnerait la grande chambre,
celle qui avait vue sur les pompes, celle

des héros. Ma mère n'en avait pas besoin, elle était plus petite que moi et elle pouvait prendre ma chambre à la place.

Le problème, c'est que je ne savais pas où on faisait la guerre. Je savais juste que c'était loin, parce que j'avais demandé à ma mère, un jour, et elle avait répondu ça : *loin*.

Loin, pour moi, ça commençait au plateau, en haut de la montagne qui tombait juste contre ma chambre. On y accédait en remontant la vallée mais il y avait un raccourci, un ancien sentier que même les chasseurs n'osaient plus prendre parce que c'était trop dangereux. J'étais déjà monté une fois en douce. J'avais passé les yeux par-dessus le rebord de la montagne et j'avais vu les prés qui s'étendaient à perte de vue, ça ressemblait à la mer et ça donnait le vertige. Après ça, les soirs d'orage, j'imaginais le plateau qui se couvrait d'eau là-haut dans les nuages, l'eau allait finir par déborder et tous nous emporter et on se réveillerait le cul dans l'Asse.

Autant le dire tout de suite, parce que de toute façon tout le monde le sait : la guerre, je n'y suis jamais arrivé. Si j'avais su, je serais resté chez moi à écouter le mistral qui me parlait à travers les parpaings comme tous les soirs. Il n'y aurait pas eu la suite. Mais il n'y aurait pas eu Viviane non plus, la reine aux yeux violents qui parlait comme tous les vents de tous les plateaux de tous les pays. C'était mieux que mon vent à moi qui me racontait toujours les mêmes histoires. Mais j'y reviendrai plus tard parce que là, Viviane, je ne l'avais pas encore rencontrée.

Au dîner j'ai annoncé à mes parents :

— Je m'en vais.

Mon père n'a pas répondu parce que son feuilleton venait de commencer. Ma mère m'a dit de finir mes lentilles et de ne pas parler la bouche pleine. C'était tant mieux, au fond, parce que s'ils m'avaient ordonné de rester je me serais dégonflé.

Quand même, j'étais un peu triste de quitter la station. C'était là que j'avais passé toute ma vie, je ne connaissais pas d'autre endroit et ça m'allait très bien. Mon père disait qu'ailleurs, c'était pareil qu'ici, un peu plus comme ci ou un peu plus comme ça, mais fondamentalement pareil. J'avais grandi dans l'odeur d'essence et de graisse du petit atelier où on réparait parfois les chasse-neige du département. Ça c'étaient des odeurs que j'aimais. Elles me manquent maintenant.

Autrefois, quand je revenais de l'école, je mettais une vieille combinaison dont ma mère avait taillé les bras et les jambes et je faisais semblant d'aider mon père. Parfois, il me laissait lui passer un outil, juste pour me faire plaisir, parce que je lui passais toujours le mauvais.

Et puis quand j'ai dû arrêter l'école, il a bien fallu me donner des choses à faire, et c'est là que j'ai été autorisé à faire le plein avec mon blouson Shell. Maman disait que les clients aimaient ça, le blouson, que ça faisait cossu, et même si je ne savais pas ce que ça voulait dire, je sentais bien que c'était quelque chose de chouette, d'être cossu.

J'ai dit que je connaissais un peu les femmes même si je n'étais pas censé. Il faut que je le raconte parce que c'est aussi à la station que c'était arrivé, et que je repensais à tout ça la nuit de mon départ. Un jour, j'étais assis sur le promontoire derrière les C, je ne faisais rien, je me mêlais juste de mes affaires. Une belle berline était arrivée et pendant que le mari payait son plein, la dame était allée aux C, mais de ma position je voyais à l'intérieur par la lucarne qui servait à aérer. J'étais resté pétrifié quand elle avait relevé sa jupe, et au même moment elle m'avait vu.

Dans ma tête j'avais détalé comme un lapin. Dans la réalité j'étais resté assis comme un idiot à la regarder. J'ai cru qu'elle allait crier mais elle avait souri, elle avait glissé la main entre ses jambes, là où ma mère dit que c'est sale de toucher, et elle avait touché longtemps en continuant de me regarder et en ayant l'air d'avoir un peu mal. Je ne sais pas combien de temps ça avait duré. Je crois que je me suis évanoui. En tout cas quand j'avais rouvert les yeux elle n'était plus là, et j'étais mouillé.

Ça m'était déjà arrivé avant, la fois où j'avais trouvé un magazine abandonné par des chasseurs dans les bois, les pages gondolées par la pluie. Il était rempli de femmes toutes nues et là aussi, j'avais explosé. J'avais enterré le magazine sous un pin et j'allais le regarder régulièrement. Mais l'histoire de la berline, c'était ma première fois avec une vraie femme. Bien sûr je sais que ça n'était pas vraiment « avec » mais c'était tout comme. Mon instinct me disait que ça n'était pas un truc d'enfant, une preuve encore que je devenais un homme.

Voilà à quoi je pensais ce soir-là, pendant que je préparais un sac à dos avec mes affaires de guerre. Des tenues, j'en avais un placard entier, tellement que je ne savais pas quoi prendre. Tous les ans, un gros carton arrivait chez nous avec mon nom dessus, plein de chemises, de vestes, de pantalons usés par des cousins que je n'avais jamais vus. Ma mère les retaillait mais elle avait beau faire, je flottais toujours dedans. Je les détestais, ces vêtements. Ils sentaient des lessives inconnues, des grands paysages chimiques que je n'aimais pas, il fallait les laver dix fois avant que j'accepte de les porter. Je n'avais pas le choix, de toute façon. C'était ça ou se promener tout nu. J'ai enfoncé ce que je pouvais faire rentrer dans mon sac.

Il ne manquait plus qu'une chose à mon paquetage, la plus importante : une arme. Les parents dormaient — mon père ronflait sur le canapé-lit du salon et ma mère dans leur chambre. Je suis passé devant le canapé pour ouvrir la belle armoire en Formica et prendre le 22 paternel, celui avec lequel il tirait les lapins, et les quelques balles qui restaient dans une boîte. Je les ai mises dans ma poche. Des balles, ils avaient intérêt à m'en donner d'autres à la guerre parce que je ne risquais pas de tuer beaucoup d'ennemis avec celles que j'avais. Ils allaient aussi devoir me montrer comment on se servait du fusil. Ici, j'avais interdiction de le toucher et je savais, en le prenant, que rien ne serait plus jamais comme avant.

Là, mon père s'est redressé. Il m'a regardé tout droit et j'ai cru que j'allais mourir. Puis il est retombé, il s'est retourné et s'est remis à ronfler. J'ai baissé les yeux, il y avait une grande flaque à mes pieds.

J'ai dû aller me changer. Ça m'a fait perdre un temps fou mais j'ai enfin ouvert la fenêtre de ma chambre. Je n'avais qu'à me pencher pour toucher la roche et c'est ce que j'ai fait. Elle était fraîche, le soleil n'arrivait jamais jusqu'à cet endroit. Les gros chiffres de mon réveil ont tourné et indiqué une heure que je ne comprenais pas. J'ai enfilé mon blouson Shell, j'ai allumé et éteint trois fois ma lampe de chevet parce que si je ne le faisais pas avant de me coucher tous les soirs, j'avais peur de mourir dans la nuit.

Puis j'ai enjambé le rebord de la fenêtre. Je me suis retourné une dernière fois pour bien me remplir les yeux de la station avant de m'enfoncer dans la forêt de pins derrière l'atelier.

Après ça, je ne l'ai revue qu'une seule fois.

Foudre de guerre. Génie. Lumière. C'était tout ce que je n'étais pas, on n'arrêtait pas de me le répéter. Maintenant il faut que je le dise, je suis bizarre. Moi je ne trouve pas, mais les autres oui.

Physiquement, je suis normal. Je me trouve même plutôt pas mal quand je me regarde dans la glace après mon bain, si je plaque bien mes cheveux mouillés en arrière je ressemble un peu à don Diego de la Vega moins la moustache. Quand je parle, on me comprend bien. Quand on me donne un coup sur le genou, j'ai la jambe qui monte comme mon zizi quand je déterre le magazine sous le pin. C'est dans la tête que je ne suis pas tout à fait comme tout le monde. En tout cas c'est ce que le Dr Bardet a expliqué à mes parents la fois où on est allés chez lui à Malijai.

Il faut voir les choses comme ça, a dit mon père en me montrant la belle photo de l'Alfa Romeo Giulietta au-dessus de son bureau : je suis un peu comme elle, mais avec un moteur de 2 CV dedans. Il m'a demandé si j'avais compris, j'ai dit oui mais je n'étais pas sûr. Un type qui a une belle voiture comme une Alfa, qu'est-ce qu'il a besoin d'aller lui regarder le moteur ? Une voiture, si elle roule, je ne vois pas où est le problème, surtout si elle est aussi rouge et aussi jolie.

Bien sûr, il y a des fois où j'aimerais bien avoir un moteur un petit peu plus gros. Peut-être pas un V8 mais un quatre cylindres par exemple, pour m'aider dans les pentes. Je n'arrive pas à compter et quand je veux écrire, toutes les lettres se mélangent dans ma tête, s'emberlificotent dans mon bras et sortent comme un nid de spaghetti au bout de ma plume. C'est pour ça que j'ai dû quitter l'école. Même les choses simples, je n'y arrivais pas. Normalement on aurait dû me mettre dans une école spécialisée, on nous avait même donné une brochure, elle était pleine de photos d'enfants dans des grands couloirs avec des gens qui leur mettaient la main sur l'épaule en souriant. Mais dans notre coin, il n'y en avait pas de ces écoles et tout le monde s'en fichait, moi le premier. Alors j'ai travaillé à la station. J'écris peut-être en spaghetti mais personne ne fait le plein comme moi. Moi je sais exactement, au bruit, le moment où le réservoir va être plein. Je sais comment faire pour ne pas perdre une seule goutte ou, pire, la faire couler sur la carrosserie. Je voudrais bien voir le Dr Bardet faire le plein. Ah oui, ça doit être quelque chose, je me tordrais sûrement de rire. Je pourrais me moquer de lui et de son moteur de luxe.

J'avais du mal à me rappeler les choses, en tout cas les choses que j'étais censé retenir. Parfois je me souvenais d'un détail insignifiant avec précision, comme l'ordre dans lequel on rangeait les agrandisseurs dans la boîte à outils de mon père, alors que je n'arrivais pas à retenir leur numéro. L'école me paraissait loin maintenant, et ma vie à la station aussi, pendant que je montais en soufflant parmi les pins. Si on

disait « il y a un mois » ou « dans dix ans »,
je ne savais pas trop situer ça par rapport
à maintenant, tout de suite, là où j'existais
moi, là où je pleurais si je me coupais,
là où j'étais heureux si un Carambar me
soudait la mâchoire.

Il y a quand même des choses que je
fais bien. J'ai de la force parce que je
suis tout le temps dehors à soulever des
choses lourdes comme des pneus ou des
bûches. J'aime ça, soulever des choses,
parce que là je vaux n'importe qui. Je
sais aussi grimper, je peux aller tellement
haut qu'une fois ma mère s'est évanouie
en me voyant escalader la paroi derrière la
station. J'ai pris une raclée quand je suis
redescendu, mon père m'a même cassé
une dent. Heureusement, c'était une dent
de lait.

Ce soir-là on voyait comme en plein
jour, et j'ai retrouvé le sentier facilement
en sortant de la forêt de pins. Il faisait une
cicatrice de craie blanche sur la falaise, un
genre de *Z* géant, la seule lettre que je
reconnaissais bien grâce à Zorro. J'ai fait
attention à ne pas faire de bruit, comme
ça, par habitude, parce que chaque fois

qu'on me remarquait, ça se terminait mal en général.

J'ai commencé à grimper. À mi-chemin, je me suis arrêté, j'étais tout essoufflé. Je ne me souvenais pas que c'était si dur. La dernière fois, j'étais monté sans m'arrêter et j'aurais pu continuer jusqu'au ciel. Là, j'avais le cœur qui cognait et un point de côté.

Je ne voyais plus la station. Mais je distinguais le pont où passait la route avant d'arriver chez nous, je pouvais le cacher avec ma main tellement il avait rétréci. Ça m'a fait peur et ça m'a excité à la fois. Quelque part en bas, mes parents dormaient. Là-haut ça devait mitrailler de partout même si je n'entendais rien. J'étais encore trop loin de la guerre. Je me rappelle m'être dit que j'avais beaucoup de route à faire, parce que la dernière fois que j'avais regardé par-dessus le rebord du plateau, il y avait juste ces prés immenses comme la mer et des moutons qui faisaient des vagues. Il faudrait que j'aille encore plus loin, peut-être même au-delà des montagnes, pour trouver les batailles qui leur montreraient à tous de quel bois je me chauffe. Je n'avais pas de temps à perdre.

C'est drôle, je n'ai pas pensé un seul instant qu'on pourrait me chercher. Quand Viviane en a parlé, plus tard, ça m'a paru évident. Mais je ne réfléchis pas si loin, c'est un autre de mes problèmes. Je me suis remis tranquillement en marche, le 22 de mon père en travers des épaules.

C'est seulement là que je me suis aperçu que j'avais oublié mon sac à dos avec mes affaires de guerre.

Tout s'est mis à tourner. Je ne savais plus ce qui était le haut et ce qui était le bas. Le sentier a rétréci sous mes pieds, il est rentré dans la paroi et je me suis plaqué contre elle de toutes mes forces. J'avais la figure mouillée, froid, chaud, envie de vomir. J'avais peur de tomber mais une voix me disait que tout irait bien, que je n'avais qu'à sauter et que, comme ça, je n'aurais plus jamais, jamais peur de rien. Plus personne ne m'emmènerait, plus personne ne m'appellerait imbécile. La petite voix murmurait « saute, saute », pendant que mes mains s'agrippaient comme des araignées géantes au rocher. J'ai fermé les yeux mais ça a été pire, la montagne s'est retournée, j'avais la tête dans le vide et les pieds dans le ciel. Ça m'a donné encore plus envie de vomir.

Mes mains ont fini par écouter la voix et elles ont lâché.

Dans ma chute interminable vers la station, je me suis rappelé qu'il m'était déjà arrivé la même chose. Pas de tomber d'une falaise, mais l'attaque de panique.

Je l'avais presque oubliée, celle-là. C'était Noël. À l'école, on avait organisé une représentation de la Nativité. Le maître avait demandé qui voulait faire quoi, tous voulaient le rôle du Petit Jésus mais c'était Cédric Rougier qui l'avait eu, ce qui était bizarre parce que c'était le plus grand de la classe. Tout le monde avait parlé en même temps et à la fin il n'était resté que l'âne, le maître avait demandé qui voulait faire l'âne, quelqu'un avait crié mon nom et toute la classe avait éclaté de rire. Moi je m'en fichais, j'avais dit que je voulais bien faire l'âne, ce qui les avait fait rire encore plus fort.

Le maître, lui, ça ne l'avait pas fait rire, il m'avait même donné une réplique. « Les animaux te saluent, Divin Enfant », ça je m'en souviens bien. Les autres avaient moins rigolé quand ils avaient vu que j'étais un âne qui parle. On avait eu des costumes, des vrais, des qui venaient d'un théâtre.

Le soir de Noël on avait donné la pièce devant tout le village. Les jambes de Cédric Rougier dépassaient de la mangeoire, il avait un trou à sa chaussette. Martin Ballini, qui faisait le mouton, n'arrêtait pas de pousser tout le monde pour se mettre sur le devant de la scène. Mon tour était venu, je m'étais avancé dans mon costume d'âne, et tout d'un coup j'avais eu la même chose que là, sur la falaise, parce que tout le monde me regardait. J'étais habitué à ce qu'on me regarde mais pas comme ça. Mes parents m'ont raconté que je m'étais cabré et que j'étais tombé raide comme les chevaux quand on leur tire dessus dans les westerns. Des anges m'avaient traîné hors de la scène. Moi je me souviens seulement du trou dans la chaussette de Cédric Rougier, le trou était devenu immense et m'avait avalé. Quand j'avais rouvert les yeux, plein de têtes flottaient au-dessus de moi, celle du curé au milieu. Il m'avait demandé si ça allait et moi j'avais dit « Les animaux te saluent, Divin Enfant », puis j'avais vomi toutes les lentilles de mon dîner.

J'ai aspiré une grande bouffée de nuit, une odeur âcre d'église, d'ardoise et de sarriette. Je n'étais pas mort au fond de la vallée. Le chemin ne s'était pas évanoui, il était là, bien dur et bien blanc sous mes paumes. Je m'étais juste éraflé la joue contre le rocher. Mais je n'avais plus mon fusil. J'avais dû le lâcher, il avait disparu dans le vide.

Je me suis adossé à la paroi le temps de reprendre mon souffle. Ça allait leur faire un drôle d'effet, là-haut, quand je leur dirais que je voulais m'engager. Ils me demanderaient « Où est ta panoplie ? », et il faudrait que je dise la vérité : que j'avais oublié mes affaires de guerre, que j'avais perdu mon arme et que j'avais eu une attaque de panique quand je m'en étais aperçu. En plus je me prendrais une raclée en revenant, il allait falloir que je gagne deux fois plus de médailles pour faire oublier le coup du fusil.

Ça m'a paru tout d'un coup très compliqué. J'ai serré les paupières. Je ne pouvais pas rentrer à la station, c'était sûr. Si je rentrais on m'emmènerait, surtout si on s'apercevait que j'étais sorti dans la nuit, et on s'en apercevrait à cause du 22 manquant. Il fallait que je continue. Je trouverais bien à manger quelque part, et tant pis pour le sandwich aux rillettes que j'avais mis au fond de mon sac.

Je me suis relevé et j'ai attendu avant de repartir, histoire d'être sûr que mes jambes étaient bien solides, des grandes jambes d'homme qui vous portent sans vous lâcher.

Il faisait encore nuit quand je suis arrivé au sommet. Je ne savais pas combien de temps ça avait pris mais c'était la même nuit, ça j'en étais sûr. Le plateau était comme dans mon souvenir, sauf que l'herbe était rase. De tous les côtés il y avait des montagnes et entre les montagnes, ces prés immenses comme l'océan. J'aimais cet endroit parce que j'aime les choses qui ne changent pas, au moins autant que les choses qui brillent. Je me suis enfoncé droit dans l'odeur de foin coupé.

Enfin le jour s'est levé, je me suis tourné vers lui. C'était une eau rouge qui montait à l'horizon et qui coulait sur le plateau par le seul côté où il n'était pas fermé, ce même plateau vers lequel j'allais bientôt tomber, même si je ne le savais pas encore évidemment.

Et tout d'un coup la lumière rouge est devenue blanche, le plateau s'est mis à briller, c'était le plus bel endroit du monde. Un gros rocher dépassait des champs, je suis allé m'allonger contre pour dormir. Avant de fermer les yeux, j'ai vu un sainfoin flou avec une grosse fleur pourpre. Sur la tige, un scarabée couvert de rosée grimpait vers le soleil.

Les animaux te saluent, Divin Enfant.

C'est le soleil qui m'a réveillé, il appuyait sur mes paupières avec ses pouces chauffés à blanc. J'ai mis un bras en travers de mes yeux pour continuer à dormir. Il y avait un grand calme autour de moi, juste le bruit de l'air qui poussait sur la terre, mais au milieu de ce calme, il y avait quelque chose d'autre, une forme sculptée par le vent, et j'ai fini par ouvrir les yeux.

Elle me regardait, assise sur le rocher, le menton sur les genoux et les bras autour. J'ai sursauté et elle aussi. On s'est regardés sans trop savoir quoi faire.

– J'ai cru que t'étais mort, elle a fini par dire.

Elle avait une drôle de voix rauque, une voix de femme qui n'allait pas avec son corps de fille. Elle était très mince, tellement qu'elle avait l'air de pouvoir se glisser entre deux rafales de vent sans déranger personne. Ses cheveux étaient courts et blonds avec une longue mèche sur le front, un genre de coupe de garçon. Mais ce sont ses yeux qui m'ont frappé, et quand je dis frappé j'ai vraiment eu l'impression de recevoir un coup, parce qu'ils avaient l'air en colère et que je n'avais rien fait.

J'ai répondu que non, je n'étais pas mort. Je voulais qu'elle me laisse tranquille, j'avais besoin de penser, c'était la première fois de ma vie que j'avais dormi loin de mes parents et il fallait que je réfléchisse pour comprendre ce que ça voulait dire, j'étais sûr que c'était important. Au lieu de me laisser tranquille, elle m'a regardé en fronçant les sourcils mais pas tout à fait comme le font les gens à qui je parle pour la première fois et qui ont toujours l'air étonné. Ça m'a énervé parce que c'était nouveau et que je n'aime pas trop ce qui est nouveau.

Elle m'a dit son nom alors que je ne lui avais rien demandé. Viviane. Quand j'ai voulu lui dire le mien, elle ne m'a pas laissé parler.

– Ça fait mal, ta figure ?

J'ai touché ma joue, c'était dur et râpeux là où j'avais frotté la falaise, ça piquait juste un peu. J'ai grogné. Ensuite elle a désigné mon blouson, mon beau blouson jaune avec les lettres rouges dans le dos.

– Shell, c'est un drôle de nom.

Et elle a éclaté de rire. C'était quelque chose de chouette, son rire, c'était frais et c'était agréable. Mais bon, je ne m'appelais pas Shell. Shell, c'est une marque d'essence et je lui ai dit. Elle s'en fichait, elle aimait Shell, n'importe quel autre nom m'irait moins bien, ce serait moche. Après ça je me voyais mal lui dire comment je m'appelais.

– C'est toi qui es moche, j'ai répondu à la place.

Sur le coup je n'ai pas trouvé mieux, et franchement c'était déjà bien envoyé. Tellement bien envoyé que Viviane a serré les dents, elle est descendue du rocher. J'ai cru qu'elle allait me sauter dessus. Je suis fort mais elle avait l'air *vraiment* en colère.

Je n'étais pas très rassuré. Quand elle a parlé, sa voix m'a fait penser au vent.

– Je t'ai pas autorisé à parler, elle a dit.

– Je parle si je veux.

– Je te déteste.

– Moi aussi.

Elle a eu l'air de réfléchir, elle a regardé le ciel, puis la terre. Du bout du pied, elle a fait un petit trou dans la poussière.

– Tu fais quoi ?

J'ai respiré de toutes mes forces pour me faire plus gros.

– Je vais à la guerre.

– Quelle guerre ?

J'ai ricané. Quelle guerre ? Elle ne regardait jamais la télé ?

– Celle de la télé.

– Pourquoi ?

Toutes ces questions, ça me fatiguait, j'avais l'impression de prendre une raclée sans qu'elle me touche.

– C'est comme ça, je lui ai répondu. Les hommes, ça va à la guerre.

Elle a craché par terre, et là non plus ça n'allait pas avec son corps de fille, mais ça allait avec la rage dans ses yeux. Elle m'a encore demandé :

– Pourquoi ?

– Pourquoi quoi ?

– Tu veux être un homme.

Je n'ai pas su quoi répondre. Ça n'a pas dérangé Viviane, elle a répondu pour moi.

– T'es un grand échalas d'imbécile. Voilà pourquoi.

Je ne connaissais pas échalas mais je connaissais imbécile, et ça ne m'a pas fait plaisir. J'ai serré les poings.

J'ai vu tout de suite que je lui avais fait peur. Autrefois j'allais à la chasse avec mon père, jusqu'au jour où le fils Martel avait été tué d'un mauvais coup de fusil parce qu'on l'avait pris pour un sanglier, et ma mère avait dit qu'elle ne voulait plus que j'y aille. Mais je me rappelais la tête d'un renard que les chiens avaient acculé, et Viviane faisait la même. J'ai tout de suite défait mes poings. Elle avait les larmes aux yeux. C'est idiot, mais ça m'a donné envie de pleurer aussi.

– Je te déteste, elle a répété.

– Je te déteste encore plus.

Elle a tourné le dos et elle est partie, et ça m'a presque soulagé de ne plus voir ses yeux. Plus loin, elle s'est retournée.

– Je reviendrai demain.

Je me suis mis à rire, des fois ça effrayait les gens quand je riais comme ça tellement c'était fort. Qu'est-ce qu'elle croyait ? Demain, je serais loin d'ici, je serais de l'autre côté du plateau, peut-être même déjà à la guerre. J'ai ouvert la bouche pour me moquer d'elle et j'ai dit :

– D'accord.

Le lendemain, elle n'est pas revenue. J'ai attendu toute la journée, si j'avais eu une montre je l'aurais regardée tout le temps. Ça n'aurait rien changé parce que je ne comprenais pas les aiguilles. Elles bougeaient quand on ne les regardait pas, alors évidemment je détestais ça. On pouvait m'expliquer tout ce qu'on voulait, ça n'était pas normal.

Une montagne, ça c'était facile à comprendre. Ça restait là, ça ne demandait rien à personne, ça ressemblait toujours à une montagne et ça ne se transformait pas en éclair au chocolat ou en clé de dix-huit quand on avait le dos tourné. J'aimais la vallée, la station, le plateau, parce qu'ils étaient toujours pareils. Même s'il neigeait l'hiver on les reconnaissait bien, c'était comme s'ils étaient déguisés mais je savais qu'au fond, c'étaient les mêmes. C'était juste un jeu.

À force, je me suis ennuyé. À la station il y avait toujours quelque chose à faire, comme de soulever un truc lourd ou d'astiquer le téléphone. Après je pouvais rester allongé à tâter mes muscles durs comme du fer sous ma peau, ou à regarder la bakélite briller, et la journée passait.

Là sur le plateau je ne savais pas comment occuper mes mains, elles pendaient trop lourdes au bout de mes bras. La seule chose qu'on pouvait faire, c'était marcher — je ne préférais pas parce que j'attendais Viviane — ou escalader les balles de foin. Mais ça, c'était dangereux. Ma grand-mère m'avait raconté que quand elle était petite, elle avait failli se faire écraser sous une balle de farine sur laquelle elle jouait et qui avait roulé. Les parents de ma grand-mère étaient boulangers. Balle de farine, balle de foin, ça ne me semblait pas si différent. Je ne voulais pas faire le mariole et risquer que Viviane me retrouve mort. Là j'aurais vraiment eu l'air d'un crétin. Je me tenais donc à distance des gros rouleaux.

Il faut que je raconte ma grand-mère parce qu'elle faisait partie des personnes qui me parlaient normalement. Les autres, c'étaient Viviane bien sûr, et Matti le berger.

Ma grand-mère était née dans un pays qui était loin, le nom finissait avec un *A* ou un *E* ou un *I*, en tout cas pas avec un *Z* sinon je m'en serais souvenu, et en tout cas un pays où on roulait les *R*. Je crois qu'elle avait parlé d'une guerre là-bas aussi, mais à l'époque, j'étais trop petit et ça ne m'intéressait pas encore. J'aimais plutôt qu'elle me raconte la boulangerie, j'avais du mal à l'imaginer enfant et couverte de farine parce qu'elle était vieille et qu'elle s'habillait toujours en noir. Ses histoires, c'était mieux que celles des livres que je ne pouvais pas lire. C'était la mère de ma mère. Un jour elle était arrivée à la station et elle avait habité dans notre salon. J'avais grandi et elle, elle avait rapetissé. Une nuit, elle avait disparu complètement. J'avais entendu du bruit, des voix, ça chuchotait, j'avais essayé d'ouvrir les

yeux mais je n'avais pas pu, et le lendemain matin quand je m'étais réveillé elle
n'était plus là. Elle était morte, on m'avait
dit, comme le fils Martel qu'on avait pris
pour un sanglier. Ça m'avait frappé parce
que je ne voyais pas comment elle, on
pouvait la confondre avec un sanglier.

Ma grand-mère me disait toujours que
quelqu'un avait jeté un so*rrrr*t à ma mè*rrrr*e, que c'était pour ça que j'étais comme
ça et qu'il ne fallait pas que j'écoute les
choses méchantes que les gens disaient
sur elle. Moi je n'avais jamais entendu
personne dire quelque chose de méchant
sur ma mère. Je ne voyais pas comment
on pouvait. Grand-mère me faisait réciter
le chapelet, tout le monde s'étonnait que
j'y arrive alors que je ne retenais jamais
rien. Le chapelet, c'était facile. Il y avait
toujours le même nombre de grains, le
même nombre de mots par grain, et les
grains brillaient. Tout était parfait. Je ne
sais pas ce qu'il est devenu ce chapelet, je
crois qu'il est parti avec elle.

Je ne me suis pas ennuyé longtemps
sur le plateau parce qu'à midi, j'ai eu
faim. Quand j'avais faim à la maison on

me donnait à manger, mais là j'étais tout seul et il allait falloir que je me débrouille. Tout d'un coup, ça m'a paru quand même moins drôle d'être un homme, et c'était peut-être ce que Viviane avait essayé de me dire. Je l'imaginais assise devant une belle assiette de lentilles, mon plat préféré, parce qu'elle n'avait pas essayé d'être autre chose que ce qu'elle était. Elle était maligne, Viviane, je l'avais senti tout de suite, c'était pour ça que j'avais envie de la revoir. Aussi un peu parce qu'elle était jolie.

Mon estomac a gargouillé rien que de penser aux lentilles. Dans mes poches, j'ai trouvé cinq bonbons que j'avais chapardés dans les bocaux de la station quand mes parents ne regardaient pas, et un demi-Carambar. Je les ai mâchés lentement.

Ça m'a calé un peu mais ça n'a pas suffi. J'avais vu deux arbousiers bien chargés au bord de la falaise, presque accrochés dans le vide, mais si je quittais mon rocher j'avais peur de rater Viviane. J'ai hésité longtemps, la fille aux yeux noirs d'un côté, les grosses arbouses jaunes et rouges de l'autre. Les arbouses ont gagné.

J'ai laissé mon blouson par terre avec les bras en croix pour qu'elle voie bien que j'étais encore là et je suis parti. Je me suis dépêché, ni une ni deux j'ai dépouillé les arbres et j'ai mangé tous les fruits que je pouvais, même ceux qui étaient trop mûrs. Ils n'avaient pas de goût, c'était juste de la faim sucrée mais ça faisait drôlement du bien. Je suis revenu content vers mon rocher, jusqu'au moment où j'ai pensé que j'aurais peut-être dû garder des arbouses plutôt que de me goinfrer, mais c'était trop tard. J'aurais voulu me donner des claques.

L'eau, au moins, je savais que ça ne serait pas un problème. C'étaient les alpages, ici. Il y avait toujours un petit gargouillis quelque part dans l'herbe, des fois on mettait le pied dedans sans s'en apercevoir. Il y avait aussi les abreuvoirs pleins d'eau noire à cause du fond en ardoise, tellement belle qu'elle donnait envie d'y plonger la tête.

Mon blouson était toujours à sa place, je savais qu'elle n'était pas venue. Si elle était venue, elle aurait fait quelque chose au blouson, comme de lui bouger les bras ou de le replier dans une forme amusante. Ça, j'en étais sûr, j'avais l'impression de la connaître même si on ne s'était parlé qu'une fois.

La nuit est tombée. Je me suis adossé à mon rocher, il était brûlant, j'ai fermé les yeux juste une minute pour reprendre des forces, et quand je les ai rouverts il faisait jour. Je m'étais endormi sans avoir pu allumer et éteindre ma lampe trois fois et je n'étais pas mort. D'un côté c'était rassurant mais j'ai quand même eu un peu peur après coup. J'ai cligné trois fois des yeux, on ne savait jamais, ça pouvait remplacer la lampe en cas de besoin.

J'ai fait quelques pas dans l'herbe, elle avait encore sa brillance du matin, un gros baiser mouillé sur mes pieds. Moi je voulais rester là, j'étais bien, mais mes pieds ont continué de marcher vers le rebord du plateau pour me ramener à la station parce que eux, ils savaient que je ne pouvais pas rester ici tout seul. Ils ne l'avaient juste pas dit à mes douze ans, ils avaient chuchoté entre eux dans la nuit et avaient décidé de rentrer sans un mot, et c'était peut-être mieux comme ça. Avec un peu de chance j'avais prouvé assez, peut-être que les gens qui allaient venir me chercher s'en rendraient compte. Ils me serreraient la main en disant qu'ils étaient venus pour rien.

Il fallait quand même que je récupère mon blouson, que j'avais laissé dans l'herbe. Mes pieds ont refusé de tourner, je les ai suppliés mais ils n'ont pas écouté. J'ai dû revenir en marche arrière. Mon blouson était mouillé mais je l'ai mis quand même, il faisait déjà chaud. Je suis monté une dernière fois sur le rocher pour dire au revoir au plateau.

J'ai senti une grosse bourrasque de vent, un *travèsso* tellement fort qu'il était dur comme un mur, j'aurais pu me pencher et dormir contre. Puis la rafale est passée, l'herbe du plateau s'est redressée, et j'ai vu la silhouette mince qui avançait vers moi.

Viviane est sortie du vent, on s'est ins-
tallés sans rien dire derrière le rocher, bien
à l'abri. Ça me faisait plaisir de la revoir
mais j'avais trop de mots, ils ne pouvaient
pas sortir.

Elle avait un œil au beurre noir, le
gauche. La gauche, c'est le côté où la
semelle de ma chaussure se décolle un
peu. Heureusement j'étais parti avec la
bonne paire.

– C'est ton père qui t'a fait ça ? j'ai
demandé.

Elle m'a regardé d'un drôle d'air, puis
elle a rigolé. Elle a voulu savoir où j'étais
allé chercher ça. Moi la dernière fois que
j'avais eu un œil au beurre noir, je lui ai
dit, c'était mon père qui me l'avait collé,
c'était un truc de parents.

– Non, c'est pas mon père. Je me le suis fait toute seule.

Ça me suffisait comme explication mais elle a continué.

– Je voulais savoir comment ça faisait. Je me suis donné un coup de poing.

C'était logique, j'ai hoché la tête. Elle s'est tournée vers moi, à genoux dans l'herbe.

– Si je te demandais de me donner un coup de poing, tu le ferais ?

– Si tu veux.

– Alors vas-y, fais-le.

Je me suis mis à genoux face à elle, j'ai serré mon poing. Elle a fermé les yeux mais je n'ai pas bougé. C'était drôle, je n'y arrivais pas, je voulais lui rendre service mais j'avais l'impression qu'elle me regardait à travers ses paupières fermées. Elle a souri sans rouvrir les yeux.

– Je le savais. Tu ne peux pas lever la main sur ta reine.

Moi j'ai juste dit :

– Huh ?

On s'est rassis, les jambes tendues, les miennes allaient plus loin que les siennes. Elle avait de jolies sandales sur des pieds bien blancs.

– Où t'habites, Shell ?

– À la station.

– Quelle station ?

J'ai pointé le doigt vers le rebord du plateau.

– Celle d'après le pont des Tuves. Et toi ?

– C'est un secret. Tu sais qui je suis ?

J'ai secoué la tête.

– Je suis la reine.

J'ai voulu savoir la reine de quoi. Elle a écarté les bras.

– De tout ce que tu vois.

– Le plateau ?

– Le plateau.

– Les montagnes aussi ?

– Les montagnes aussi. Je suis la reine du plateau et des montagnes. Tu veux me servir ?

– Oui. Je sais faire le plein.

Elle a ri et, je ne sais pas pourquoi, j'ai ri aussi. Je n'avais pas eu d'amie avant, et je crois que c'était ça qui se passait.

– Me servir, c'est faire tout ce que je dis. Pas juste le plein.

– D'accord.

– Attends. Il y a des règles. D'abord

tu ne dois pas me toucher sauf si je te le permets. Je suis ta reine. Jure.

J'ai acquiescé, je n'avais jamais vu de reine avant mais ça me paraissait logique aussi.

— Je jure.

— Et enfin, et ça c'est très important, tu ne dois pas essayer de me trouver. C'est toujours moi qui viendrai te chercher.

— Pourquoi ?

— Parce que si tu découvrais d'où je viens, le sort serait brisé, et que je redeviendrais une fille tout ce qu'il y a de plus banal. Je perdrais tous mes pouvoirs.

— T'as des pouvoirs ?

— Plein.

— Tu peux faire pleuvoir ?

— Oui.

— Tu peux faire le vent ?

— Bien sûr.

— Montre.

— Tu ne peux pas donner un ordre à ta reine. Jure que tu n'essaieras jamais de me trouver.

— Je jure.

Elle s'est levée, elle a chassé les brins d'herbe de sa robe, je me rappelle qu'elle était bleue.

– On se retrouvera toujours ici et on explorera mon domaine ensemble, elle a dit de sa voix rauque de reine. T'as des questions ?

J'ai répondu que je n'avais pas de questions. J'avais bien tout compris, surtout le coup du sort vu que ma mère, on lui en avait jeté un aussi. Évidemment je savais que ça n'était pas la même chose, que toute cette histoire avec Viviane, c'était une sorte de jeu, alors que le sort de ma mère, c'en était un vrai et que j'en étais la preuve. Mais Viviane avait l'air sérieuse et je ne voulais pas la décevoir.

Je lui ai juste dit que j'avais très faim. Je ne savais pas trop comment j'allais pouvoir la servir en ayant si faim. Elle m'a répondu de ne pas m'inquiéter, elle a employé une phrase compliquée mais je n'ai pas osé lui demander de répéter. Au fond, j'avais compris qu'elle allait m'apporter à manger, et j'ai prié très fort pour que ce soient des lentilles.

On a fait un jeu, c'est elle qui a eu l'idée, il fallait trouver la coccinelle avec le plus de points. Au début j'ai eu du mal, je trouvais beaucoup de points mais il n'y avait pas de coccinelle autour, et Viviane m'a appris comment chercher : d'abord la coccinelle, bien rouge et bien brillante, et seulement après les points. Quand elle expliquait quelque chose, ça paraissait beaucoup plus simple.

Viviane était drôle avec les coccinelles. On aurait cru qu'elle avait peur, elle poussait des petits cris d'excitation chaque fois qu'elle en avait une qui lui grimpait sur la main. Moi je faisais le frimeur, j'en prenais plusieurs à la fois, sauf qu'à la voir couiner j'ai commencé à avoir un peu peur moi aussi, même si je ne savais pas de quoi. Viviane avait l'air de connaître plus de choses que moi et si elle avait peur, peut-être qu'il y avait une raison.

Elle m'a laissé gagner, je le sais parce qu'elle me l'a dit. J'étais content quand même. Elle a fini par se lever, elle devait y aller. Au moment de partir, elle s'est tournée vers moi.

– T'as remarqué ?

– Quoi ?

– Le vent s'est arrêté. C'est moi qui lui ai donné l'ordre. Il allait froisser ma robe.

Je suis monté sur mon rocher et je les ai regardés devenir tout petits, elle, sa robe bleue et son œil au beurre noir, pas plus grands qu'un arbuste, une herbe, un insecte, rien du tout, l'horizon qui ondulait.

J'avais beau savoir que c'était un jeu, c'était quand même vrai que le *travèsso* s'était arrêté.

C'est Viviane qui m'a réveillé, elle était tout excitée. J'avais mal dormi, j'avais eu froid dans la nuit, j'avais regardé les étoiles en grelottant jusqu'au lever du soleil.

– Tout le monde te cherche, elle a dit. Il faut te cacher.

Elle avait couru, ça se voyait à ses joues rouges, j'avais envie de les frotter pour avoir ce rouge au bout des doigts, comme quand on effaçait un mot au tableau. Ses yeux me faisaient moins mal que d'habitude, je m'habituais peut-être à la colère dedans, ou alors elle n'était pas en colère aujourd'hui.

Elle a dit que les gendarmes avaient appelé chez elle. Ils cherchaient quelqu'un, le fils de la station-service qui était parti dans la nuit, est-ce qu'on l'avait vu ? Ils m'avaient décrit exactement, ils savaient même pour le blouson Shell. Il paraît que j'étais aussi dans le journal.

Viviane voulait savoir si j'étais un criminel, je lui ai demandé ce que ça voulait dire.

– Quelqu'un qui a fait quelque chose de mal.

Je lui ai répondu que je n'avais jamais rien fait de mal, et puis j'ai eu honte de lui avoir menti, parce que je sentais qu'on ne devait pas mentir à une reine. Alors je lui ai avoué qu'une fois, j'avais lavé les pompes pendant que mes parents n'étaient pas là, alors que je n'avais pas le droit. Elle a dit que ça ne comptait pas, que ce n'était pas ça, être un criminel. Je lui ai raconté la fois où j'avais failli mettre le feu à la station à cause de la cigarette, mais elle a décidé que ça ne comptait pas non plus vu que c'était un accident. Elle m'a demandé si j'avais déjà tué quelqu'un ou volé, mais non, je n'avais jamais tué personne. Et les bonbons, je ne les avais pas vraiment volés vu qu'ils étaient déjà à nous.

Elle a réfléchi et elle a dit que je ne pouvais pas rester là, sous mon rocher, qu'il fallait me trouver un endroit où habiter le temps qu'on ne me cherche plus. Moi j'étais d'accord, il faut dire que je n'aimais pas vraiment dormir dehors. Mon lit me manquait. J'avais toujours eu le même depuis que j'étais né, en tout cas je crois, et même si j'en dépassais un peu parce que j'avais grandi, ça me serrait le ventre quand je pensais à mon gros oreiller avec son imprimé qui montrait des avions. J'ai senti ma lèvre se mettre à trembler.

Viviane a fait semblant de ne rien remarquer. Elle s'est tournée pour gratter un truc sur le rocher, et ça m'a permis de me passer un coup de manche jaune sur les yeux.

Elle connaissait un endroit, elle a dit, et elle m'y a emmené. C'était une petite cabane ronde en pierre grise, le genre que les bergers ou les chasseurs utilisaient. Un gros buisson de ronces mortes bouchait la porte mais il y avait un trou dans le mur à l'arrière, juste là où il se courbait et devenait le toit, il suffisait d'escalader les pierres éboulées pour rentrer. Ça n'était pas aussi bien que ma chambre à la station mais ça me plaisait quand même parce que ça me faisait penser à un vaisseau spatial. De l'intérieur, on ne voyait que les murs courbes et un cercle de ciel, ça ressemblait aussi à ces maisons de glace dans mon livre préféré, je l'avais lu et relu celui-là, parce qu'il n'y avait presque pas de texte et d'énormes images.

Viviane a sorti des barres de chocolat de sa poche, une pomme, un bout de fromage. Tout d'un coup j'ai eu très faim, je n'avais pas mangé depuis les arbouses, et j'ai dévoré ça comme un ours. Puis on s'est allongés sous le ciel rond, j'ai imaginé qu'on était tout au bout d'un télescope géant et qu'à l'autre extrémité, quelqu'un nous regardait peut-être. J'ai failli faire un signe mais je me suis retenu pour ne pas avoir l'air ridicule. Viviane a bougé les pieds et elle s'est tournée vers moi.

— Qu'est-ce qu'on fait ?

J'ai haussé les épaules. Je ne savais pas, c'était elle la reine. Moi je ne faisais qu'obéir et je trouvais ça bien. À elle, je pouvais obéir sans avoir l'impression d'être un enfant.

— On pourrait explorer mais c'est trop

dangereux, elle a continué. Il vaut mieux attendre un peu, au cas où ils viendraient te chercher.

Pour parler, je lui ai demandé :

– C'est où, chez toi ?

– Je te l'ai dit. Tu ne dois pas chercher à le savoir.

– À cause du sort ?

– À cause du sort.

Je lui ai expliqué que ma mère, elle avait un sort, elle aussi. Ça l'a intéressée. Elle s'est assise en tailleur, elle voulait tout savoir. Qui l'avait jeté ? Pourquoi ? Mais je n'en savais rien, ma grand-mère avait juste dit que c'était le Malocchio et j'imaginais un type à l'air méchant, avec un manteau noir, des chaussures de clown et des grosses lunettes qui lui faisaient les yeux énormes. Je ne savais pas pourquoi il en voulait à ma mère mais c'est vrai que des fois, elle pouvait être énervante.

Viviane a continué à me poser des questions, ça ne lui suffisait pas. Il faisait quoi, ce sort ? Je lui ai dit qu'il m'avait fait, moi, elle m'a dévisagé curieusement comme si elle en attendait plus. J'ai réfléchi pour lui expliquer ce que c'était d'être moi, avec les bons mots.

À Malijai, le Dr Bardet m'avait demandé d'attendre dans la salle d'attente pendant qu'il parlait à mes parents. J'avais fait semblant d'accepter, j'avais pris un magazine et je m'étais assis avec mes pieds bien posés à plat par terre. Dès qu'il avait refermé la porte, j'étais allé écouter, j'avais appris à la maison que c'était comme ça qu'on entendait les choses les plus intéressantes, les gens parlaient mieux derrière les portes.

Le Dr Bardet avait utilisé plein de mots compliqués, et comme mes parents n'avaient pas l'air de comprendre non plus, il leur avait expliqué que ma tête avait arrêté de grandir.

Ça m'avait fait rigoler en douce, parce que c'était comme s'il ne parlait pas de moi. Ma tête, au contraire, elle était grande, bien plus grande que celle des autres. C'était le monde qui était petit, et je ne voyais pas comment on pouvait faire rentrer quelque chose de grand dans quelque chose de petit. C'était comme la fois où le maître m'avait demandé de parler de la découverte de je ne sais plus quel pays. J'avais tout de suite vu les grands paysages, c'était plein d'Indiens qui se battaient, ça tirait de partout, il y avait de la poussière et des cris, mon cœur s'était mis à battre, j'avais peur des chevaux, des hurlements des Indiens et des coups de feu, j'avais peur de mourir, je ne pouvais pas respirer. Alors je m'étais mis sous mon bureau. Cette fois, personne n'avait ri à part Victor Macret, mon ennemi juré, celui qui me bousculait toujours dans les couloirs. Mais il faut dire qu'un jour je l'avais appelé Macret de canard devant tout le monde, toute la classe s'était poilée et il n'avait pas aimé ça.

Bref, c'était à cause de cette histoire d'Indiens que je ne pouvais plus aller à l'école. Le lendemain, le directeur avait fait monter mes parents. C'est là qu'ils avaient parlé d'une école spéciale, c'est comme ça que j'avais commencé à travailler à la station, et finalement quand on y réfléchit c'est aussi comme ça que je m'étais retrouvé sur le plateau.

J'ai voulu expliquer tout ça à Viviane et j'ai dit un truc comme :

– Haaaan.

Voilà, quand je voulais dire quelque chose d'immense ça finissait toujours petit.

Le soleil est entré dans le rond de ciel, il est arrivé côté chaussure gauche, il nous a éblouis et on a crié, on a fait semblant que c'étaient les gendarmes qui me cherchaient. Il ne fallait pas rester dans la lumière sinon on se faisait attraper, alors on courait en rond, on se serrait dans l'ombre et moi, je devais faire en plus attention à ne pas toucher Viviane.

Puis le soleil est parti et tout d'un coup il a fait un peu frais. Viviane a frissonné, elle m'a regardé et c'est là qu'on s'est disputés pour la première fois. Même aujourd'hui, je ne comprends pas trop pourquoi.

Elle me regardait vraiment bizarrement, droit dans les yeux, comme si elle attendait quelque chose. Moi je la regardais aussi de toutes mes forces parce que quand on me regarde je fais pareil, et elle a fini par dire :

– Tu vois pas que j'ai froid ?

Ben si, je lui ai dit, je le voyais bien, puisqu'elle avait des frissons. Ça a eu l'air de l'énerver encore plus.

– Alors passe-moi ton blouson, idiot.

Je suis resté sans bouger, pas parce qu'elle m'avait appelé idiot mais parce que je ne voulais pas lui donner mon blouson. J'en avais rempli, des réservoirs, pour avoir le droit de le porter. J'étais cossu avec ce blouson même s'il m'allait bizarrement maintenant, avec ses manches trop courtes et ses épaules trop larges.

Elle a bien compris que je faisais la tête mais elle a croisé les bras sur sa poitrine de fille et elle a levé le menton.

– Tu as juré de m'obéir.

Là j'ai vraiment regretté d'avoir juré. Ma grand-mère m'avait dit que les menteurs finissaient en enfer. Elle m'avait montré un dessin dans l'un de ses livres et ça n'avait pas l'air marrant du tout. Alors j'ai enlevé le blouson pour ne pas y aller, en enfer, avec le Malocchio, ses grosses lunettes et ses chaussures de clown.

Viviane l'a mis, comme ça, comme si c'était juste une veste. Il ne lui allait pas du tout, je ne sais pas comment l'expliquer mais c'était horrible. Ma bouche s'est retournée et je me suis mis à pleurer. J'ai essayé de m'arrêter parce qu'un homme ça ne pleure pas, mais plus je voulais arrêter, plus je pleurais. Je n'avais jamais passé aussi longtemps loin de chez moi. Mes parents me manquaient, les grands silences de la station quand on mangeait, le bruit de la télé, la bakélite du téléphone, l'odeur de cambouis, et même les choses que je n'aimais pas me manquaient, l'odeur des C, ou la drôle de sensation que j'avais quand je touchais du coton.

Viviane s'est approchée et m'a pris dans ses bras. J'ai appuyé ma tête contre elle et j'ai continué de pleurer. Elle disait chut, chut, que ça allait passer. Mais elle n'a pas enlevé le blouson.

C'est que c'était une vraie reine, Viviane.

Le ciel est devenu violet, il y avait un goût de réglisse dans l'air et je l'ai aspiré à petits coups de langue tellement c'était bon. Viviane avait fini par me rendre mon blouson et je me sentais mieux.

J'aurais voulu qu'elle reste, c'était ma

meilleure amie. Rien que de pouvoir dire ça, ça me faisait gonfler de fierté. Autrefois à l'école tout le monde était meilleurs amis sauf moi. C'était comme une grande boule d'amitié autour de laquelle je tournais sans jamais pouvoir entrer. Ça me faisait penser aux anneaux de Saturne, j'en avais trouvé une illustration dans une tablette de chocolat et je l'avais collée au-dessus de mon lit. Elle y était encore d'ailleurs, juste un peu décolorée.

J'ai demandé à Viviane si elle voulait habiter avec moi dans la bergerie mais elle a répondu qu'elle devait rentrer au château, sinon la reine mère la chercherait. Pour la retenir je lui ai demandé de me parler de son château, puis j'ai collé ma main sur ma grande bouche parce que je n'avais pas le droit de poser ce genre de question. Ses dents blanches un peu bombées ont mordu dans sa lèvre et elle a soupiré.

– C'est très grand. On mange à une table immense, servis par mille domestiques, et on n'a pas le droit de parler.

Ce n'était pas si différent de chez moi alors, à part les mille domestiques. À la station on n'avait pas le droit de parler non plus à cause des actualités, sinon on risquait de manquer quelque chose.

– Les domestiques sont des cygnes transformés en pages, elle a continué. Il y a mille pièces dans le château, et elles changent de place toutes les nuits. Ça peut prendre du temps de retrouver sa chambre, et c'est pour ça que parfois, je suis fatiguée le matin.

J'écoutais, la bouche ouverte. Je savais qu'elle inventait mais c'était ça qui me troublait, avec Viviane, sa façon d'inventer qui faisait tellement vrai qu'on était obligé d'y croire. J'étais un peu mal à l'aise quand je pensais aux pièces qui bougeaient, je n'aimais pas ça.

– La nuit, les lustres s'allument tout seuls, il n'y a pas d'ampoules mais des éclats de pierre de lune à la place. J'ai un lit tellement grand que je dois marcher un peu pour atteindre le milieu. Le matelas est fait de petits pois spéciaux qui poussent sur le Soleil.

Là, j'étais vraiment sûr qu'elle inventait, parce que je n'avais jamais entendu dire qu'on cultivait des petits pois sur le

Soleil. C'est vrai qu'il y a beaucoup de choses que je ne sais pas, mais on avait un potager à la station et je m'y connaissais un peu, je pense que ma mère m'en aurait parlé de ces pois du Soleil. J'ai grogné parce que mon esprit était tiré dans différentes directions, les pièces qui bougeaient, les petits pois qui n'existaient pas, j'ai dû fermer les yeux un moment.

Viviane s'est levée, elle m'a tendu la main et je l'ai serrée. Je me suis forcé à la lâcher. On s'est dit à demain.

Je l'ai regardée disparaître, j'avais tellement envie de la retenir que j'ai imaginé sa silhouette longtemps après son départ. Puis la nuit est tombée et m'a forcé à rentrer. J'ai trouvé un vieux tas de paille dans un coin, je l'ai étalée par terre et je me suis allongé dessus, les mains derrière la tête. Je me suis rendu compte que j'avais complètement oublié mon histoire de guerre, mes médailles, mon retour héroïque. J'ai eu un peu honte. Je ne voulais pas passer pour un lâche quand je rentrerais. Mais j'avais une reine, je savais déjà que je ferais tout pour elle, pas parce que j'avais juré mais parce que j'en avais envie, et j'ai pensé que c'était peut-être ça, être un héros : faire des choses qu'on n'est pas obligé de faire.

Et si ça ne suffisait pas à mes parents, s'ils insistaient avec ma sœur pour m'envoyer loin, alors je ferais venir Viviane. Elle leur dirait qu'elle ne pouvait pas se passer de moi, et que de toute façon elle était reine et qu'ils feraient ce qu'elle ordonnait, point final, pas de discussion.

Je ne vois pas ce que mes parents trouveraient à redire à ça, avec leur station ridicule où les pièces ne changeaient même pas de place.

J'ai dit que je n'avais jamais eu d'amis mais ce n'était pas tout à fait vrai. Il y avait eu Richard, un peu avant qu'on ne me force à quitter l'école. Je n'avais pas pensé à lui depuis longtemps et ça m'a fait un pincement.

Richard était arrivé au milieu de l'année, il était étroit, même de face il avait l'air de profil, et il toussait souvent. Il ne restait qu'un bureau libre près du mien et c'était là que le maître l'avait installé. À la récréation je restais tout seul et lui aussi alors à force, on s'était dit que tant qu'à faire, autant rester tout seuls ensemble. On ne se l'était pas dit avec des mots, mais c'était arrivé.

Le père de Richard avait un poste important dans une usine de la plaine. Ils n'y habitaient pas, dans la plaine, parce que sa mère pensait que l'air était meilleur dans notre vallée. Ils avaient pris une maison dans le village, une de ces vieilles baraques de pierre dont plus personne ne voulait. C'était drôle parce qu'ils avaient l'air d'avoir de l'argent. Richard m'avait expliqué qu'ils ne restaient jamais très longtemps au même endroit, son père changeait tout le temps d'usine. On les voyait souvent à la station, contrairement à d'autres habitants du village qui eux prenaient leur essence ailleurs parce qu'elle était moins chère, mais qui étaient toujours à venir pleurer chez nous s'ils avaient besoin d'un dépannage.

Victor Macret avait tout de suite détesté Richard. Richard, lui, quand Macret le bousculait ou lui faisait un croche-pied, ça n'avait pas l'air de l'embêter. Il se relevait et c'était tout, il repartait en toussant comme la locomotive d'un train miniature. Je l'admirais, parce que quand c'était moi qui prenais les coups, j'étais tellement en colère que je me mettais à trembler, je n'arrivais plus à me contrôler et il fallait m'emmener à l'infirmerie même si je n'avais rien, le temps que je me calme. Macret, si j'avais été plus courageux je jure que je l'aurais tué, j'avais même imaginé plusieurs façons de le faire. Dans mes rêves il avait beau me supplier je le tuais quand même, et tout le monde me tapait dans le dos et me disait que j'avais bien fait, bon débarras.

L'école, je n'en ai pas que des bons souvenirs, mais les bons, c'est grâce à Richard. Il me parlait et il avait l'air de me comprendre même quand je n'arrivais pas à dire quelque chose parce que ça prenait trop de place dans ma tête et que ça ne passait pas par ma bouche. Mais j'aimais surtout Richard pour ce qui s'était passé après la pièce de la Nativité, celle où j'avais joué l'âne.

On traversait la cour. Macret était assis sur un banc et il avait crié bien fort pour que tout le monde l'entende :

— Tiens, c'est Hi-Han et le Juif !

On avait continué à marcher mais Macret nous avait suivis en criant hi-han, hi-han ! Richard s'était retourné. Je me rappelle bien sa tête parce qu'il n'avait aucune expression. Il n'était pas triste, il n'était pas en colère, rien. Macret avait dit un truc du genre « T'as un problème, sale... » mais il n'avait pas pu terminer sa phrase. Richard lui avait *démonté la gueule*, c'était comme ça que tout le monde en avait parlé après coup. Il avait fallu que le directeur et le surveillant ensemble le retiennent, et Macret était resté par terre, avec son nez éclaté et du sang partout.

Quand le directeur lui avait demandé ce qui l'avait pris, Richard avait simplement haussé les épaules.

– Je sais pas, je suis même pas juif.

Moi je ne savais pas ce que c'était, être juif, mais qu'il le soit ou pas, Richard, c'était quelqu'un. Après, Macret n'avait plus osé nous approcher. Même moi il me laissait tranquille, et je me sentais fort, je faisais mon regard de tueur quand je le croisais, je voyais bien qu'il serrait les dents mais il ne disait rien. C'était là que j'avais osé l'appeler Macret de canard devant tout le monde.

Un jour, Richard est parti. Je n'ai jamais su si c'était à cause de cette histoire ou parce que son père avait changé encore une fois d'usine. J'ai reçu deux ou trois lettres que m'a lues ma mère, elles disaient qu'il était en pension. Puis les lettres s'étaient arrêtées. Je ne savais pas ce qu'il était devenu.

Après le départ de Richard tout avait recommencé comme avant avec Macret.

J'avais envie de revoir Richard et de lui présenter Viviane. On aurait pu vivre tous ensemble dans son château, là où personne ne pouvait nous dire quoi faire, là où personne ne pouvait nous emmener. Je suis sûr qu'ils se seraient bien entendus, ces deux-là.

Je me suis réveillé au milieu de la nuit. La lune remplissait le trou du toit, tellement grosse qu'on voyait à peine un peu de ciel sur les bords.

J'étais tout dur comme ça m'arrivait parfois. Je n'arrivais plus à penser dans ces cas-là, à penser à autre chose qu'à ça, ma main est descendue et je me suis secoué, je voyais mon magazine même les yeux fermés, je le connaissais par cœur, et j'ai fini par exploser dans un cri.

Finalement j'étais content que Viviane ne soit pas restée, parce que je n'aurais pas voulu qu'elle me voie, ça n'avait rien à voir avec elle, ce qui m'arrivait là. C'était une partie de moi qui ne m'appartenait même pas, alors je ne pouvais pas lui donner. Elle pouvait avoir tout ce qu'elle voulait, Viviane, mais pas ça. Et même le Malocchio il ne pouvait pas l'avoir, je ne sais pas pourquoi mais j'en étais sûr.

Juste pour être absolument certain, j'ai quand même récité deux chapelets avant de me rendormir.

L'été commençait, l'été 1965, je connaissais l'année parce qu'elle était affichée en gros sur le calendrier de l'atelier, et que les chiffres finissaient par se tatouer dans mon cerveau à force de les voir. J'avais seulement de la peine à relier les années les unes aux autres. J'avais un peu de mal aussi au début de chaque nouvelle année, le temps que les chiffres de celle d'avant s'effacent de mes yeux.

Il faisait chaud, j'avais ma maison à moi avec son trou dans le toit, personne ne me donnait d'ordres à part Viviane mais ça, je le voulais bien. Je me sentais invulnérable et je pensais que ça durerait toujours. Alors quand Viviane est venue les jours suivants, je me suis rempli de nos jeux comme de mes arbouses, sans penser à l'avenir, sans savoir que bientôt, elle allait disparaître pendant longtemps et laisser derrière elle un arbre vide.

D'une certaine façon, c'était même la dernière fois qu'on se voyait comme ça parce qu'après, les choses n'ont plus été pareilles. Le pire, c'est que c'est ma faute. On peut retourner ça dans tous les sens qu'on veut, c'est quand même moi qui ai brisé le sort.

Elle arrivait toujours du même côté, là où les champs montaient vers les montagnes, et leurs ondulations cachaient ce qu'il y avait dans les creux. Je me suis installé sur le toit pour l'attendre, j'avais peur qu'elle ne vienne pas mais elle est apparue très loin et elle est devenue elle, Viviane, je l'ai reconnue à ses cheveux et à sa façon de marcher sans rien déranger autour d'elle.

J'ai dû me retenir tellement j'avais envie de courir. Je suis redescendu et je l'ai attendue dans ma maison en faisant celui qui s'en fichait, comme quand j'attendais le père Noël autrefois, avant que ce connard de Macret me dise qu'il n'existait pas. Qu'est-ce qu'il en savait, Macret, de toute façon ? Je lui avais crié que le père Noël n'allait pas chez lui et que c'était pour ça qu'il ne l'avait jamais vu, mais mes parents avaient fini par m'avouer la vérité. Je m'étais allongé dans ma chambre et je n'avais pas bougé pendant trois jours, on avait même dû faire monter le Dr Bardet. Comme il n'était pas là, c'était sa remplaçante qui était venue, j'avais regardé sa poitrine pendant qu'elle m'auscultait et ça m'avait fait aller mieux tout de suite. Depuis, mes parents racontaient à tout le monde que la remplaçante était le meilleur médecin du coin, meilleur même que Bardet. J'étais d'accord.

Viviane est apparue dans le trou, elle a froncé le nez et elle a dit :

— Ça sent l'homme là-dedans.

D'un côté évidemment ça m'a fait plaisir d'entendre ça. J'ai fait semblant de m'étirer et je me suis senti discrètement le dessous des bras. Ça ne sentait pas comme mon père, lui c'était un vrai homme, mais c'était déjà pas mal. Le truc, c'est que d'habitude ça me faisait paniquer de ne pas être propre. Ma mère me briquait dans le bain avec un savon qui laissait une bonne odeur de ciel bleu sur la peau, une fois par semaine. On avait vu ce savon dans une réclame qui expliquait qu'il attaquait la crasse mais pas la peau, et c'était vrai vu qu'on l'utilisait depuis des années et que j'avais toujours la même peau. Comme quoi ils ne racontaient pas que des mensonges dans les réclames, comme Cédric Rougier avait essayé de me le faire croire un jour.

Pour la première fois depuis que j'étais sur le plateau, j'ai remarqué que mes chaussettes étaient sales, même mon blouson Shell avait des traces sur les manches. Ma tête s'est mise à tourner et normalement ça voulait dire une chose : que j'allais finir allongé dans le noir jusqu'à ce que ça passe. Mais Viviane est entrée, elle s'est faufilée entre mes grandes plaques de peur et elle est venue s'asseoir près de moi. J'ai peut-être eu une prémonition, j'ai peut-être senti qu'il fallait que je profite d'elle parce que mon malaise est passé. Ou alors, c'est simplement que là où il y avait Viviane, il ne pouvait pas y avoir de noir.

Pourtant, ce jour-là elle n'était pas

comme d'habitude. Elle ne souriait pas et sans son sourire pour faire taire ses yeux, elle était différente. Elle m'avait apporté deux sandwiches qu'elle m'a regardé manger sans un mot. Moi je lui donnais des sourires pleins de miettes mais elle n'y répondait pas.

— Qu'est-ce que tu vas faire ? elle a demandé tout d'un coup.

J'ai continué à mâcher parce que je n'avais pas compris la question, il manquait des choses dedans, alors il valait mieux faire celui qui n'avait pas entendu. Évidemment Viviane voyait tout, elle savait tout, elle m'a poussé un peu fort et elle a répété comme si elle était en colère :

— Qu'est-ce que tu vas faire ?

Je l'ai regardée un peu perdu, j'essayais d'inventer le reste de la question, toutes ces choses qui manquaient et que les autres semblaient comprendre mais pas moi. Elle a soupiré et elle a dit plus doucement :

— Qu'est-ce que tu vas faire quand je serai plus là ?

Je me suis senti mieux, voilà, là c'était

clair. Je lui ai répondu qu'elle serait toujours là, qu'elle n'avait pas à s'en faire.
Ses yeux m'ont grondé.

– Non, Shell, je serai pas toujours là.
Tu peux pas rester ici tout seul.

– Si, je peux.

– Tu peux *maintenant*, parce que je
t'apporte à manger, parce que c'est l'été.
Tu sais comment c'est ici l'hiver ?

Je connaissais très bien l'hiver, je lui ai
dit. L'hiver c'était blanc et gris et noir avec
de bonnes odeurs de fumée, c'était la saison des mensonges, celle où les pistolets
des pompes vous disent qu'ils sont brû-
lants alors qu'ils vous glacent les doigts,
celle où on promet de faire les choses mais
où on ne fait rien du tout parce qu'on est
mieux à l'intérieur. J'aimais l'hiver mais
on n'y était pas encore, alors j'avais du
mal à en parler.

– T'as quel âge ? j'ai demandé à la place.

Là elle est redevenue la Viviane que
je connaissais, presque sans s'en rendre
compte.

– On demande pas son âge à une reine.

– D'accord. Mais t'as quel âge ?

Elle a eu l'air de vouloir m'étrangler,

c'était un air que je connaissais bien chez les gens.

— Tu m'écoutes ? Il-faut-que-tu-rentres-chez-toi.

J'ai reposé mon reste de sandwich, j'ai essuyé mes doigts sur mon pantalon et mes dents avec ma langue. J'ai eu l'impression de soulever une tonne, le mot le plus lourd que j'avais jamais prononcé, parce que je pouvais faire tout ce que me demandait Viviane, tout mais pas ça.

— *Non.*

— Shell, tu dois leur manquer à tes parents. T'y as pensé ? C'est pour ça que les gendarmes te cherchent. Pas pour te punir. Ils sont méchants avec toi, tes parents ?

Non, ils n'étaient pas méchants, si je prenais une raclée c'était toujours pour de bonnes raisons, mais ils voulaient m'envoyer loin. Je lui ai parlé de la brochure avec les gens qui souriaient dans les couloirs. Ça n'était pas facile de vivre avec moi, je lui ai expliqué, alors à tout prendre il valait mieux que je vive seul.

— C'est bon, elle a dit après un long moment, tu peux arrêter de pleurer.

Je ne m'étais pas aperçu que je pleurais. Ça expliquait les petits cratères qui se formaient dans la poussière entre mes jambes et que je fixais avec curiosité en me demandant d'où ils venaient.

— Regarde-moi, elle a dit.

J'ai essayé de relever la tête. Je n'ai pas pu, c'était comme si j'avais les yeux attachés au sol par des cordes. J'avais honte de pleurer comme ça, pour un rien, ça énervait toujours tout le monde à la station, sauf ma sœur qui, quand elle était là, se mettait à pleurer avec moi. On m'avait donné des gélules au début, je ne comprenais pas comment elles pouvaient marcher parce qu'elles étaient toutes petites et que j'avais beaucoup de larmes, bien plus qu'il n'en rentrait dans une gélule. D'ailleurs elles n'avaient rien changé et on avait arrêté, parce qu'en plus elles coûtaient cher. En grandissant, quand même, j'avais pleuré un peu moins.

— Ça te plairait que je te dise mon âge ? a demandé gentiment Viviane.

J'ai hoché la tête en reniflant.

— Treize. Presque.

J'ai encore hoché la tête mais les cratères continuaient d'apparaître.

– Qu'est-ce que tu veux savoir d'autre ?
J'ai un demi-frère.

Je lui ai demandé quelle moitié elle
avait eue, elle m'a dévisagé en fronçant
ses sourcils très clairs. Ça m'arrivait tout
le temps. Parce que je n'étais pas tout à
fait comme tout le monde, les gens n'ima-
ginaient pas que je pouvais être drôle et
faire des blagues. Résultat j'avais arrêté
d'en faire. Richard m'avait expliqué que
je ne choisissais pas bien mon moment. Il
avait essayé de m'apprendre mais il était
parti avant d'avoir réussi.

Viviane a éclaté de rire, moi aussi (mais
j'ai continué à pleurer en même temps),
et après je me suis senti mieux, c'était
comme ces gros orages d'été quand ils
rincent la poussière sur les voitures,
je sortais et je laissais la pluie me laver
jusqu'à ce que ma mère me crie de rentrer
parce que j'allais attraper la mort. Le rire
de Viviane me lavait aussi et après, il n'y
a plus eu qu'un air propre et clair entre
nous.

Tout d'un coup elle a proposé :

– Tu veux que je te donne ton cadeau d'anniversaire ?

J'ai presque sauté en l'air.

– C'est mon anniversaire ?

Viviane s'est remise à rire.

– Je sais pas. C'est quand ton anniversaire ?

– 26 août, j'ai récité par cœur.

– Alors non.

Je me suis senti un peu déçu.

– C'est encore loin ?

– Un peu plus de deux mois, elle a répondu sans avoir besoin de compter.

Les jours importants, ça n'était pas ça qui manquait. Le jour où Zorro passait à la télé (c'est comme ça qu'on reconnaissait le jeudi), le jour de Noël, le jour du bain, le jour de la Toussaint. Je ne sais pas pourquoi il était important celui-là, mais ma grand-mère s'habillait encore plus en noir que d'habitude et elle était triste toute la journée. Mais le plus grand de tous, le roi des jours importants, c'était le 26 août, mon anniversaire. Je passais mon temps entre chaque 26 août à me préparer au suivant, surtout depuis que ma mère avait accepté de mettre une bougie par année sur mon gâteau et qu'il commençait à y en avoir juste assez pour que ce soit joli. Au moment de les souffler, je plissais les yeux, ça donnait l'impression qu'il y en avait deux fois plus et que j'étais deux fois plus vieux. C'était toujours mon père qui finissait par souffler à ma place en disant qu'il fallait le bouffer, ce foutu gâteau, sinon les bougies allaient fondre.

Justement, il n'y avait rien de meilleur que le goût du chocolat à la bougie fondue, c'était ça le goût d'un anniversaire. Sinon c'était juste du chocolat normal et on pouvait en avoir toute l'année. Mon père n'avait jamais compris. J'avais bien essayé de lui expliquer un 26 août pendant qu'on travaillait à l'atelier. Il m'avait dit d'arrêter de faire de la poésie et de lui passer plutôt une clé à fourche de douze. Je lui avais passé une clé à cliquet de huit.

J'ai levé le visage et j'ai fermé les yeux en comptant « deux mois, deux mois » à voix basse et en essayant de deviner si c'était loin ou proche. Viviane m'a gentiment attrapé le menton.

– On n'a pas besoin d'attendre ton anniversaire. Je peux te donner ton cadeau tout de suite. Tu le veux ?

– Oui.

– Oui, *Majesté*.

– Oui, Majesté.

– Alors viens.

Elle a escaladé les pierres, je l'ai suivie, mais juste avant de sortir je lui ai pris la main pour la retenir. Ou plutôt, j'ai failli lui prendre la main, puis je me suis rappelé au dernier moment que je n'avais pas le droit de la toucher. Elle a sursauté quand même, rien qu'au mouvement que j'avais fait, mais elle n'a pas fait sa tête de renard de la fois où je lui avais fait peur. Je lui ai demandé :

– Tu promets que tu ne partiras jamais ?

– Tu promets que tu ne pleureras plus jamais ?

– Je promets.

Elle a réfléchi, et j'ai souri parce que ses yeux avaient dit oui avant ses lèvres.

– Alors je promets aussi.

Je n'ai plus jamais pleuré après ce jour-là, je ne sais pas pourquoi, je ne sais

pas comment. Mais j'ai tenu ma promesse.

Viviane, elle, a menti.

Elle m'a quand même offert mon plus
beau cadeau d'anniversaire.

On a marché, on a franchi une petite colline. J'ai demandé à Viviane où on allait mais elle a juste répondu que je verrais bien. Quand la bergerie avec le trou dans le toit a disparu, Viviane m'a demandé de me cacher les yeux.

– Ne triche pas, c'est un ordre.

Ça ne me serait même pas venu à l'idée de tricher, je ne sais pas pourquoi elle ne l'avait pas compris. J'ai appuyé mes paumes sur mes paupières, j'ai senti les mains de Viviane sur ma taille, deux papillons musclés qui m'ont fait tourner comme une toupie. Puis elle a dit que je pouvais retirer mes mains, je l'ai fait mais ça a continué de tourner un peu autour de moi. Avec le plateau qui filait de tous les côtés, je ne savais plus où j'étais.

On s'est remis en marche. Viviane avait l'air de savoir où elle allait, ça m'a rassuré. On disait qu'il y avait des loups dans la montagne, je ne voulais pas qu'on se perde et qu'on se fasse dévorer. Il commençait à faire chaud, j'entendais la terre, elle craquait, elle s'ouvrait pour appeler la pluie qui ne venait pas. L'été commençait à peine, elle allait appeler longtemps.

Pendant qu'on marchait, Viviane m'a demandé pourquoi je m'étais mis en tête d'aller à la guerre et je lui ai tout raconté depuis le début, sans rien oublier. Elle m'a expliqué que d'abord, la guerre, c'était loin, beaucoup plus loin que ce que je croyais, le genre de loin où on ne pouvait pas aller à pied. Et si je mourais, à quoi ça m'avancerait ? Ça ferait pleurer mes parents. J'ai rigolé, je lui ai dit que je n'étais pas parti pour mourir, juste pour tuer des ennemis.

Viviane s'est arrêtée, elle s'est retournée vers moi. Sa mèche collait à son front à cause de la transpiration et ses cheveux courts avaient foncé sur sa nuque.

– Et tes ennemis, ils n'ont pas de parents ? elle a dit.

Puis elle est repartie, je l'ai suivie en me demandant ce qu'elle avait voulu dire. De toute façon la guerre, je n'y allais plus. On allait rester ensemble, Viviane et moi, sur le plateau. Peut-être que j'arriverais à la convaincre d'habiter avec moi, j'avais déjà des idées sur la façon de séparer la bergerie pour qu'elle ait sa chambre et moi la mienne. On ne se quitterait plus, un jour quelqu'un trouverait nos squelettes l'un contre l'autre et penserait « Ces deux-là, ils étaient *vraiment* amis ».

Dans ma tête une voix a ri, une voix moqueuse au bout d'un couloir, comme la fois où j'avais eu l'idée de desserrer le frein à main de la dépanneuse, juste pour voir si j'étais assez fort pour la retenir rien qu'en tenant le pare-chocs. C'était la voix des grandes catastrophes. Ce n'était pas ma faute si je n'avais pas pu la retenir, la dépanneuse.

— Mes semelles ont glissé ! j'ai crié.

Viviane m'a regardé, et cette fois c'était de ce même air bizarre que les gens prennent souvent avec moi. Je suis devenu tout rouge et pour détourner la conversation, je lui ai demandé si elle voulait jouer.

– Jouer à quoi ?

– À deviner qui je suis.

– D'ac.

J'ai pris une pose évidente, tellement évidente qu'elle allait trouver tout de suite, mais elle a froncé les sourcils et elle a secoué la tête. Je me suis mis un doigt sous le nez pour me faire une moustache, j'ai zébré l'air de mouvements de plus en plus désespérés mais j'ai juste réussi à la faire rire. J'étais un peu énervé quand même.

– Don Diego de la Vega ! j'ai explosé.

Et je me suis tiré les cheveux en arrière pour qu'elle voie bien à quel point je lui ressemblais, même si c'était quand même mieux quand ils étaient mouillés.

Elle m'a regardé d'un air ahuri.

– Qui ça ?

Là c'est moi qui ai fait l'ahuri, parce que Viviane savait beaucoup de choses, mais qu'elle ne sache pas qui était don Diego de la Vega, alors ça c'était la meilleure. D'accord, le sergent Garcia ne le savait pas non plus mais lui, il n'était pas très malin.

– Don Diego de la Vega ! Zorro !

Je lui ai redessiné un *Z* avec mon épée invisible, elle a fait un grand « aaaaah » silencieux avec la bouche. Pas étonnant qu'elle n'ait pas deviné, elle a dit, parce que ce n'était pas un *Z* que je faisais mais un genre de *8*, ou au mieux un *S*. Sans s'arrêter, elle m'a pris le poignet et elle m'a appris à faire un plus beau *Z*.

Et comme ça, le trajet est passé, si bien que je ne me suis rendu compte qu'on était arrivés que lorsqu'elle a dit :

— On est arrivés.

Arrivés c'était vite dit, il fallait encore savoir où. Je ne voyais rien d'extraordinaire, le plateau était partout comme à son habitude, avec ses montagnes autour et son ciel au-dessus. Comme anniversaire j'avais vu mieux. Mais je ne pouvais pas trop râler puisque ce n'était pas vraiment mon anniversaire.

Viviane devait savoir ce qu'elle faisait parce qu'elle avait un petit sourire en coin. Elle m'a demandé de regarder vers les montagnes et de compter jusqu'à cent. Je l'ai fait, je me suis emmêlé les pinceaux, j'ai rajouté des lettres au milieu des chiffres, un petit bout d'un poème dont je me souvenais, une comptine que me chantait ma mère, et quand j'ai pensé que ça valait à peu près cent, je me suis retourné.

Viviane avait disparu. Je le jure. Il n'y avait plus que l'herbe rase, deux rochers trop plats pour se cacher derrière, et c'était tout. Là j'ai vraiment eu peur.

Puis j'ai entendu son rire monter de la terre comme de la rosée. Je me suis approché des rochers, j'ai fait le tour, rien. J'ai recommencé, et c'est seulement la deuxième fois que j'ai aperçu l'ouverture dans les herbes sous le plus gros des deux rochers. Elle était tellement mince que je ne savais pas comment Viviane avait pu s'y glisser.

— Rentre, a fait sa voix. Ça passe.

Je me suis agenouillé, l'herbe faisait paraître l'ouverture plus étroite qu'en réalité mais ça n'était pas très grand quand même. Viviane me regardait de l'autre côté, elle avait une tache de terre sur la joue et, en dessous, un énorme sourire. Je ne l'avais jamais vue aussi contente.

J'ai rampé, je me suis enfilé dans le trou en m'écorchant un peu le dos à travers mes vêtements mais je suis passé. Viviane m'a pris la main, c'était elle qui me touchait et pas moi, alors c'était permis. J'ai compris pourquoi quand d'un coup il a fait tout noir. Sa voix a dit :

— Je connais le chemin par cœur. Garde ton épaule droite contre le mur.

Là j'ai failli paniquer. Dans le noir je ne voyais pas mes semelles et je n'avais pas moyen de savoir quel côté était le bon. J'ai dû partir à gauche au lieu d'aller à droite, parce que Viviane m'a ramené d'un coup sec. Sous nos pieds, ça descendait.

— T'es pas claustrophobe ? elle a demandé.

— Je sais pas ce que ça veut dire.

— Ça veut dire que tu l'es pas.

On a marché un moment comme ça, au milieu de grands échos noirs, puis c'est devenu plat et le mur a disparu. Mon tibia a accroché quelque chose de dur, j'ai dit un gros mot et j'ai sauté sur place, Viviane a juste dit « oups, pardon ». Enfin elle s'est arrêtée. Elle m'a fait asseoir, je l'ai entendue farfouiller dans le noir comme si elle cherchait quelque chose.

— T'es prêt ?

J'ai acquiescé, je ne pouvais presque plus respirer d'excitation, je n'avais jamais eu un cadeau pareil, un cadeau où il fallait ramper, marcher dans le noir, avoir peur, se faire mal.

— T'es prêt ? elle a répété.

Alors je me suis souvenu qu'elle ne pouvait pas me voir.

— Oui.

Une allumette a craqué, la flamme s'est collée à un genre de lampe à huile comme on en faisait avant, avec des croisillons sur le verre. La flamme a grandi, encore, encore, elle a dessiné des murs autour de nous.

Viviane me souriait de l'air d'attendre, j'ai d'abord cru que le cadeau c'était la lampe et j'ai été déçu parce que j'en avais une mieux à la station, électrique avec des piles Wonder. Puis j'ai remarqué les murs. Ce n'étaient pas juste des murs, c'était un livre d'aventures géant. Il y avait des animaux, des hommes avec des lances, des empreintes de mains plus grosses que les miennes. Et ça dansait, et ça sautait dans la flamme de la lampe, c'était comme des pages qui se tournaient toutes seules, pleines des dessins d'enfants géants d'autrefois. Je n'avais jamais vu un truc pareil de ma vie.

– Bon anniversaire.

Quand je suis trop ému j'ai du mal à parler, alors j'ai grogné. J'ai encore essayé de dire quelque chose qui n'est pas bien sorti mais Viviane a compris, elle était forte pour ça.

– C'est un endroit où les hommes venaient il y a longtemps. C'est très très très très vieux. Tu ne devras jamais en parler à personne, t'as compris ?

J'ai levé la main pour jurer mais elle m'a retenu.

– T'as plus besoin de jurer. On peut se faire confiance maintenant.

Heureusement qu'elle m'avait dit de me taire, parce que c'était tellement beau que j'en aurais parlé au monde entier si j'avais pu.

– J'ai trouvé la grotte par hasard, elle a continué. Il y a d'autres endroits comme ça, ailleurs, mais chaque fois qu'ils en découvrent un, ils mettent des escaliers, des lumières, les touristes viennent et l'endroit meurt.

J'ai pensé à la petite église au hameau des Vries, là où plus personne n'allait depuis que le pont permettait de traverser la rivière en aval, la petite église avec sa porte ouverte et ses vitraux cassés, pour moi c'était ça un endroit mort. Je l'ai dit à Viviane, elle a hoché la tête.

– Ça aussi c'était peut-être un genre d'église autrefois. Moi c'est ce que je crois. Je viens dire merci, pardon, ou demander qu'on me protège de mes ennemis.

Je me suis levé, j'ai voulu mettre mes doigts dans une trace de main pour comparer avec la mienne mais Viviane m'en a empêché. À cause des champignons ou des microbes, elle a raconté, elle avait lu quelque part que ça risquait d'abîmer les dessins. J'étais un peu vexé parce que je n'avais pas de microbes et encore moins de champignons, ça me dégoûtait rien que d'y penser. Même si j'étais un peu sale depuis que j'étais parti, j'étais très soigneux en général.

Quand je me suis rassis, elle a fermé

les yeux. Elle était tellement belle que j'avais envie de me glisser dans sa peau et de devenir elle pour savoir ce que c'était. Puis j'ai pensé que je ne pourrais plus la voir si j'étais dans sa peau, sauf dans un miroir, et que ce serait peut-être mieux si c'était elle qui se glissait dans ma peau à moi. Je ne pourrais pas la voir non plus mais au moins, je pourrais l'emmener partout.

Ses lèvres bougeaient et je lui ai demandé ce qu'elle faisait. Elle priait, elle a répondu. J'ai voulu qu'elle me montre. Je savais prier à l'église évidemment — *Notre Père faites que Macret meure dans d'horribles souffrances* — mais là c'était différent.

— D'abord, elle a expliqué, tu dis merci pour quelque chose qui te plaît.

Facile. J'ai fermé les yeux, j'ai bougé les lèvres et j'ai remercié pour Viviane.

— Ensuite, tu dis pardon pour quelque chose que tu as fait.

J'ai encore bougé les lèvres mais ce coup-ci, j'ai fait semblant parce que j'avais beau chercher, je n'avais rien fait. Pas récemment en tout cas.

– Enfin, tu demandes protection contre tes ennemis.

Je l'ai regardée avec curiosité, elle l'a senti, elle a dit « Quoi ? » et j'ai répondu qu'elle ne pouvait pas avoir d'ennemis, pas elle. Son visage est devenu très sérieux.

– Bien sûr que si. Une reine a toujours des ennemis.

– C'est qui ton pire ennemi ?

– Un dragon.

Je lui ai demandé de le décrire. Est-ce qu'il crachait du feu ?

– Pas du feu, non. Il crache un nuage de glace qui paralyse ses victimes. Il est immense, noir, avec des écailles et des grandes ailes en polystyrène. Mais le plus dangereux c'est qu'il peut prendre n'importe quelle forme, même d'un homme, et que tu ne sais pas qu'il est là jusqu'au dernier moment.

Je lui ai promis de la protéger et elle a souri, je ne sais pas si c'était pour me remercier ou parce qu'elle savait aussi bien que moi que je ne ferais pas le poids face à son dragon, surtout maintenant que j'avais perdu la carabine de mon père.

– Et toi, Shell, t'as des ennemis ?

J'ai réfléchi, je lui ai expliqué que j'en avais toute une tapée, mais quand elle m'a demandé lesquels, je n'en ai trouvé que deux. D'abord, il y avait le Malocchio, mais je ne savais pas si je pouvais vraiment le compter comme un ennemi parce que ce n'était pas à moi personnellement qu'il en voulait, il était méchant avec tout le monde. Mais bon, c'était pareil avec son dragon alors on s'est mis d'accord avec Viviane pour laisser le Malocchio sur la liste. Et bien sûr il y avait Macret. Je ne l'avais pas revu depuis que j'avais dû quitter l'école mais je m'attendais toujours à ce qu'il surgisse pour me jouer un sale tour.

Viviane a levé les bras et a dit d'une voix claire :

– Que les esprits nous protègent du dragon, du Malocchio et de Macret.

Sa voix a résonné dans le silence, et c'est peut-être là que les esprits nous ont entendus.

Le soleil touchait le plateau quand on est sortis. J'avais passé le meilleur anniversaire de ma vie entière et comme ça n'était pas mon anniversaire, c'était encore mieux. Viviane a dit qu'il fallait qu'elle se dépêche de me ramener, il y avait un banquet ce soir au château et elle devait se changer.

On s'est éloignés des rochers, en quelques minutes ils avaient disparu comme s'ils n'avaient jamais existé. Viviane m'a fait remettre les mains sur mes yeux et tourner sur moi-même, ça a marché aussi bien que la première fois. Encore mieux même, parce que je me suis étalé quand j'ai voulu faire un pas tellement tout tournait, et Viviane s'est pliée en deux.

Quand on est arrivés à la bergerie elle m'a serré la main de cette drôle de façon qu'elle avait de faire, puis elle est partie en courant. Je commençais à avoir un peu faim, surtout après cette histoire de banquet, mais je n'avais rien dit. Pour ne plus y penser, j'ai arpenté l'intérieur de la bergerie en imaginant plusieurs façons de la diviser, ici les chambres, là un salon où on mettrait la télé et ici, pourquoi pas, un toit en verre pour regarder les étoiles. Oui, c'était une bonne idée ça, le toit en verre, j'ai pensé en me couchant. Il faudrait que j'en parle à Viviane.

Ce soir-là, je ne sais pas pourquoi, je n'ai pas cligné trois fois des yeux avant de m'endormir.

Je n'étais pas particulièrement gros mais j'ai commencé à perdre du poids. Il faut dire qu'à la station ma mère cuisinait tout le temps et que je pouvais chaparder des bonbons tant que je voulais. Je me suis mis à flotter dans mon pantalon, je veux dire à flotter encore plus que d'habitude. Même Viviane a fini par le remarquer et elle m'a apporté plus de sandwiches. Je lui ai demandé si elle aimait les lentilles, je lui ai dit « Moi oui » sans la laisser répondre mais je ne crois pas qu'elle ait compris le message parce qu'elle a continué à apporter des sandwiches.

On est retournés à la grotte. À chaque fois, Viviane me faisait faire la toupie les yeux fermés avant d'y aller, résultat je n'ai jamais su le chemin. Viviane m'a appris que les dessins n'avaient pas été faits par des enfants géants mais par des hommes comme nous, juste un peu plus poilus peut-être.

Assis devant les fresques on imaginait des histoires. Le jeu c'était de raconter quelque chose, et dès qu'on hésitait c'était l'autre qui reprenait, le vainqueur était celui qui avait parlé le plus longtemps sans s'arrêter. Viviane gagnait à tous les coups, ça m'épatait. Inventer, ça n'avait jamais été un problème pour moi, je ne faisais que ça, mais parler *en même temps* qu'on inventait, là je dois dire que c'était fort.

Un jour elle est arrivée avec un gilet bleu. Il lui allait bien, je trouvais. Mais il faisait chaud, et quand je lui ai demandé si elle ne voulait pas l'enlever elle m'a crié de me mêler de mes affaires, puis elle m'a fait la tête tout l'après-midi. J'étais habitué maintenant, c'était comme les états de ma mère sauf que chez Viviane c'était pire parce qu'en plus elle était reine.

Quand on n'était pas à la grotte, on jouait aux coccinelles, ou bien on restait allongés dans la bergerie à faire des vœux. Viviane disait que si un oiseau passait dans le trou du toit moins d'une minute après un vœu, il se réaliserait. Je lui ai parlé du toit en verre, j'ai expliqué qu'on verrait beaucoup plus d'oiseaux et que tous nos vœux se réaliseraient. Elle m'a dit que ça ne marchait pas comme ça, et que plus l'espace pour voir les oiseaux était petit, plus on pouvait faire un vœu important. Ça ne m'a pas paru très logique.

Je n'ai pas osé lui reparler d'habiter avec elle, j'avais décidé que ce serait mieux si elle avait l'idée toute seule. Je lâchais juste quelques sous-entendus de temps en temps, comme de lui demander son avis sur le genre de papier peint qu'elle préférait, avec des animaux ou avec des fleurs, et je passais tout de suite à autre chose. Et puis, ça ne pressait pas. Quand j'ai voulu savoir depuis combien de temps on se connaissait, elle a haussé les épaules.

– Je sais pas. Deux semaines peut-être.

C'était ça que j'aimais chez Viviane, le temps, elle s'en fichait aussi.

J'étais redevenu aussi propre et élégant qu'à la station. J'avais trouvé un abreuvoir pas loin de la bergerie, Viviane m'avait apporté un bout de savon, je m'en servais

pour me laver et pour nettoyer mes vêtements. Je les tordais de toutes mes forces
pour les essorer, il y avait même eu un
désastre. Un matin en tordant mon blouson Shell j'avais entendu un gros crac,
le haut d'une manche s'était détaché
de l'épaule, près de l'étiquette marquée
Made in Taïwan. Viviane avait promis de
m'apporter de quoi le recoudre mais elle
ne l'avait jamais fait. Chaque fois que je
mettais le blouson, je voyais du coin de
l'œil ce trou qui me suivait partout et ça
me gênait, alors je ne l'enfilais plus que
pour dormir.

Avec le soleil qu'il y avait, mes affaires
séchaient en un rien de temps. Moi j'attendais, allongé tout nu dans l'herbe. Je
m'étais trouvé un coin discret derrière une
butte où je savais que personne ne pouvait me voir, ça me gênait qu'on me voie
tout nu à part ma mère, ça c'était normal.
Même quand il fallait montrer son zizi au
docteur à la visite médicale je n'aimais pas
ça, docteur ou pas.

Quand Viviane arrivait, je sentais bon le
savon et j'étais prêt à faire ce qu'elle voulait. Elle inventait un nouveau jeu presque

chaque jour. Je n'avais jamais joué avec quelqu'un avant, et elle n'avait pas voulu me croire quand je lui avais dit, jusqu'à ce que je lui explique que je n'avais pas de frère, que ma sœur était vieille, que personne ne me parlait autrefois à l'école alors avec qui j'allais jouer ? Il y avait bien eu Richard, mais lui, il aimait surtout les échecs et les dames. Il n'avait pas réussi à m'apprendre les règles parce que je ne pouvais pas bouger un pion sans savoir d'où il venait, pourquoi il était là et ce qu'il espérait en changeant de case. Richard m'avait dit d'arrêter de *m'identifier* aux pions, que c'étaient juste des pions, bon Dieu. Mais moi je n'y pouvais rien, je m'identifiais sans faire exprès, le plus drôle c'était que je ne savais pas ce que ça voulait dire.

Un jour je me suis réveillé très tôt, j'avais le soleil dans l'œil. J'ai pensé à mes parents, comme ça, sans raison, et ça m'a rendu triste. Ils me manquaient quand même, tellement que ça m'a fait un grand vertige. J'ai senti l'odeur du grille-pain qui brûlait n'importe quelle tartine même en

position 1, j'ai entendu les grands remous
de l'essence qui gargouillait dans la cuve
sous la maison quand elle était presque
vide et qu'on attendait le réapprovision-
nement. J'ai pensé au jour où j'avais eu le
droit de boire de la chicorée, là ça voulait
dire que je n'étais plus un enfant, après
j'en avais bu tous les jours sans avouer à
personne que je n'aimais pas ça.

J'ai failli pleurer mais je me suis rappelé
ma promesse à Viviane. Je me suis habillé,
et quand j'ai entendu des pas dehors, je
suis allé à la fenêtre tout ragaillardi, elle
était en avance ce matin.

Dehors il y avait des gendarmes.

Ils étaient trois, ils essayaient de regarder à travers le buisson de ronces mortes qui bloquait la porte. Ils ne m'avaient pas encore vu. J'ai fait un saut en arrière, j'ai juste eu le temps d'escalader le tas de pierres et de sortir par le trou pendant qu'ils cassaient le buisson à coups de pied pour entrer. J'ai filé à travers les prés derrière la bergerie, j'ai couru de toutes mes forces jusqu'à mon abreuvoir. Je me suis accroupi derrière, je respirais très vite, il m'a fallu longtemps avant de pouvoir regarder vers la maison, j'étais loin mais je voyais leurs silhouettes à travers une fenêtre. J'ai réfléchi, je n'avais rien laissé là-bas, j'avais mon blouson sur moi parce que je venais juste de me réveiller. Ils allaient peut-être voir la paille qui me servait de lit mais tout était à moitié effondré à l'intérieur, alors il fallait vraiment avoir l'œil.

Le temps de reprendre mon souffle et j'ai couru jusqu'à la butte où j'attendais chaque matin que mes vêtements sèchent. Le soleil ne l'avait pas encore atteinte, j'ai trouvé l'endroit différent, ça m'a fait peur. Mais c'était peut-être parce que les gendarmes fouillaient ma maison, ma première maison à moi tout seul. J'ai attendu, allongé comme un Indien au sommet de la butte, les gendarmes ne partaient toujours pas. J'ai dévalé l'herbe de l'autre côté et je me suis adossé à la pente, ici personne ne pouvait me voir. J'espérais que Viviane n'allait pas se pointer maintenant, parce que c'était une fille et mon père disait que les filles, ça jacasse.

Mais Viviane ne venait jamais si tôt, elle me laissait le temps de me préparer et de laver mes affaires. Elle savait que c'était important pour moi. Et puis elle n'était pas du genre à jacasser, elle mourrait plutôt que de me trahir. Si on en arrivait là, s'ils commençaient à la torturer pour la faire parler, alors j'entrerais les mains dans les poches, je leur ordonnerais de la laisser partir parce qu'elle n'avait rien fait, c'était entre eux et moi. Viviane, je lui dirais « Va-t'en, maintenant », elle se retournerait une dernière fois avec des larmes dans les yeux, je lui sourirais et je lui ferais un petit signe de tête qui voulait dire « tout ira bien », même si on savait tous les deux que ce n'était pas vrai. Ensuite j'enlèverais mon chapeau et mon masque et je leur dirais « C'est moi que vous cherchez, je suis don Diego de la Vega », et ils n'en croiraient pas leurs yeux.

Quand je me suis réveillé, j'étais en sueur. D'abord j'ai cru que j'avais rêvé les gendarmes mais j'étais bien dehors, allongé dans l'herbe, avec le soleil qui appuyait sur moi. Je suis remonté en rampant au sommet de la butte, les gendarmes étaient partis. C'était arrivé, autrefois, que je m'endorme comme ça sous le coup d'une émotion trop forte, mais ça ne s'était pas produit depuis longtemps. Je me sentais un peu mieux, l'herbe était bien chaude, tout était comme avant.

J'ai souri et j'ai fait exactement ce que je n'aurais pas dû faire : je me suis rendormi.

Je me suis réveillé en criant parce qu'un dragon noir fonçait sur moi. J'étais glacé mais j'avais les joues brûlantes. Il faisait nuit, une nuit bien noire de cheminée. L'herbe était déjà mouillée, ça voulait dire qu'il était tard. J'avais dormi en plein soleil toute la journée. Je savais que j'avais dû prendre un mauvais coup de chaud.

Je suis retourné à quatre pattes vers l'abreuvoir, une petite voix d'adulte m'a dit de boire à petits coups, doucement, mais comme j'étais moi j'ai fait exactement le contraire, j'ai laissé la montagne couler droit dans ma gorge et j'ai avalé autant d'eau que j'ai pu. Elle avait un bon goût de pierre et de métal glacé. J'ai été malade presque tout de suite.

J'ai repris mon souffle, appuyé contre l'ardoise, et quand j'ai pu me lever je suis revenu vers la bergerie. On pouvait maintenant rentrer par la porte mais j'ai remis les ronces en place avant de passer par mon trou habituel en haut de l'éboulis, ça me semblait important. Une belle maison comme ça, ça se méritait. On ne pouvait pas y entrer comme dans un moulin. Je me suis appuyé aux murs parce que ça tanguait et je suis allé me coucher. Je ne savais pas si Viviane était venue.

La rosée me disait que le jour n'était pas loin. Bientôt le matin ferait briller le paysage et tout allait mieux quand les choses brillaient. Alors je me suis enveloppé dans mon blouson et j'ai attendu. Je n'avais pas mangé depuis la veille mais je n'avais pas faim. Même quand je pensais aux lentilles de ma mère je sentais mon estomac se serrer et ça, c'était un signe évident que je n'allais pas bien.

Somme toute, j'avais bien fait de ne pas aller à la guerre. Un sacré soldat que j'aurais fait. Ça aurait sauté de partout, alerte rouge le soldat Shell a disparu, les gars de ma patrouille auraient paniqué et on aurait fini par me retrouver endormi en plein milieu du champ de bataille. Adieu les médailles. Oui, c'était peut-être mieux comme ça. J'avais beau crâner tout ce que je voulais, j'avais besoin de quelqu'un pour s'occuper de moi. Zorro avait bien Bernardo.

Bernardo, Viviane, le dragon. Une flamme de soleil sur ma paupière. *Je ne veux pas qu'on m'emmène.* La terre craquait. *Je voulais juste rester à l'école, moi.*

Je me suis assis tout droit, j'avais les paupières collées et la gorge qui me faisait mal comme si j'avais crié. Il faisait jour. J'avais moins froid mais tout le reste allait mal. Laver mes affaires ? Non, c'était trop loin. Demain, peut-être. Je ne voulais pas rater Viviane.

Viviane n'est pas venue. Ni ce jour-là, ni le lendemain, ni le jour d'après, et d'ailleurs maintenant que j'y pense on ne s'est jamais revus dans cette maison. J'ai mâché un peu d'herbe, j'ai même essayé de la terre que j'ai recrachée, j'ai bu, je m'enfonçais dans ma fièvre et la voix adulte que je n'écoutais jamais me disait qu'il fallait que je rentre, que j'avais tout juste la force, que si je partais *maintenant* ce serait encore bon. Je devais retourner à la station avant qu'il soit trop tard et ma mère s'occuperait de moi, elle me remettrait d'aplomb.

Mais je voulais attendre, juste encore un peu, au cas où. Juste un jour et puis un autre et puis encore peut-être un dernier.

Quand j'ai compris que Viviane ne viendrait pas, trop de jours avaient passé, trop de jours avec la fièvre et la faim qui me mangeaient le corps. J'ai réalisé que je ne pourrais jamais redescendre le chemin en Z. Mais là où j'ai su que c'était vraiment grave, c'est quand j'ai mouillé mon pantalon et que ça ne m'a rien fait.

Je n'avais même plus la force d'aller boire. Il n'y avait plus qu'à mourir, qu'à attendre de rapetisser et de glisser hors du monde, en silence, comme l'avait fait ma grand-mère.

J'ai eu peur mais ça n'a pas duré. Finalement, ce qui faisait peur, c'était de ne pas savoir. Si Viviane allait revenir, ce qui allait m'arriver, d'où Macret allait me tomber dessus la prochaine fois. Maintenant tout était clair : Viviane ne viendrait pas, j'allais mourir et Macret pourrait me faire tout ce qu'il voulait, je serais mort et je m'en ficherais, ce serait lui qui aurait l'air d'un bel imbécile.

Tiens, Macret, je ne me rappelais plus bien son visage. Je me souvenais juste qu'il avait des beaux yeux méchants. C'était drôle, je l'avais tellement détesté. C'était loin tout ça.

Le sixième jour a commencé, ou le septième, en tout cas ça restait des chiffres simples, et mon esprit fouillait le plateau à la recherche de ma reine. C'était beaucoup plus facile comme ça, en volant, plus commode que de marcher, d'avoir chaud et d'avoir froid. Je parcourais des distances énormes en quelques secondes, j'allais d'un bord à l'autre, je finissais toujours par celui où le soleil se lève. Mais je n'ai pas trouvé où elle habitait. Pourtant, un château, sur ce plateau où il n'y avait rien d'autre, ça devait se voir.

Je n'aurais jamais dû arrêter de cligner des yeux avant de me coucher, j'ai pensé. Voilà c'était ça le problème, la cause de tout. J'avais attiré le Malocchio à force de faire le mariole. J'ai récité un chapelet.

Ou alors, je devais avoir fait ou dit quelque chose de mal la dernière fois que j'avais vu Viviane. Mais non, on avait joué aux vœux, elle avait l'air heureuse. Elle m'avait trahi et c'était tout. Les filles, ça jacasse, ça trahit à tour de bras, on ne peut jamais leur faire confiance. D'ailleurs

Zorro n'était pas marié, ni Superman, même si je l'aimais moins celui-là parce que son uniforme faisait des plis. Et si c'était Viviane qui avait appelé les gendarmes pour leur dire où j'étais ? Non, elle n'aurait pas fait ça. C'était juste pas de chance, ils devaient faire tous les endroits du plateau un par un, c'était tout.

Les jours glissaient, un fil de lumière et de noir, de l'étoupe de nuage dans mon toit troué, de la lune et du soleil. Le matin j'avais froid, le soir je brûlais et j'avais toujours froid. Ça m'apprendrait à m'endormir en plein cagnard.

Là j'ai eu une révélation. Je me suis redressé et je me suis mis à rire, de mon grand braiment d'âne qui faisait peur aux gens. J'avais compris. Rien de tout ça n'existait. Il n'y avait jamais eu de plateau, jamais eu de Viviane. Je n'avais pas de meilleure amie, je n'avais pas prié dans la grotte, je n'avais pas bu à la montagne. Peut-être même que je n'existais pas non plus, en tout cas pas tel qu'on me connaissait, l'idiot du pont des Tuves. J'étais comme les autres, quelqu'un de normal, un garçon tout ce qu'il y a de plus banal

131

qui avait décidé de grimper le chemin en Z sur la falaise. J'avais eu un vertige, c'était la seule chose vraie de toute cette histoire, et j'étais tombé. Je m'étais écrasé au fond de la vallée où j'étais en train de mourir doucement, à imaginer toutes ces choses folles dans la dernière seconde avant que tout s'éteigne.

Et voilà, maintenant j'étais mort, et je pouvais enfin cesser d'avoir mal s'il vous plaît.

C'est un reflet qui a attiré mon attention. J'avais une mouche sur l'œil, je l'ai chassée et j'ai rampé pour aller voir. Derrière un éboulis, il y avait un sac à dos en toile avec des boucles en métal. Le métal était chaud. J'ai mis du temps à l'ouvrir avec mes doigts gonflés et quand j'ai vu ce qu'il y avait dedans, j'ai pleuré des larmes sèches, c'est pour ça que ça ne compte pas comme si j'avais vraiment pleuré.

Dedans il y avait une lettre, trois boîtes de lentilles et un ouvre-boîte. Sur la lettre il y avait mon nom, enfin, il y avait Shell. La faim était loin derrière moi, alors j'ai d'abord ouvert la lettre. Viviane avait une belle écriture penchée qui fonçait dans ce qu'elle racontait. Mais c'était trop compliqué pour moi, surtout dans mon état, les mots sautaient, les lettres tournoyaient.

J'ai ouvert la première boîte de lentilles. Je me suis rendu malade tellement je l'ai mangée vite, j'ai recommencé plus doucement avec la deuxième. Ça m'a rappelé que j'avais soif mais je n'avais pas la force de me traîner jusqu'à l'abreuvoir, pas tout de suite. Plus tard, j'allais le faire, je me suis juré. Il fallait juste que je me repose avec ma demi-boîte de lentilles dans l'estomac. J'ai imaginé la sensation de l'eau fraîche sur mes lèvres, elles avaient craqué comme la terre, oui ça allait être drôlement chouette.

J'ai ressorti la lettre, j'ai mis le nez dessus, elle sentait bon l'école. Viviane avait dû venir le jour des gendarmes, pendant que je dormais caché derrière ma butte. Elle avait laissé le sac en évidence, je l'avais sûrement cogné en rentrant dans la nuit, j'avais déjà de la fièvre et on n'y voyait rien, et c'était comme ça qu'il avait roulé par terre. Est-ce que ça voulait dire qu'on ne se verrait plus ? La lettre devait l'expliquer, il aurait juste fallu que je puisse la lire. Je reconnaissais la plupart des mots séparément, c'est quand j'essayais de les relier que tout s'emmêlait, comme les rubans quand on dansait les cordelles à l'école. Et encore, même les rubans qu'on était supposés emmêler, je n'arrivais pas à les emmêler dans l'ordre qu'il fallait. Alors lire une lettre, n'en parlons pas.

Tout d'un coup une colère noire m'a pris, une colère énorme à boucher la vallée. Contre les cordelles, contre Viviane qui m'avait écrit une lettre que je ne pouvais pas lire, contre moi et tous mes problèmes, contre mon père qui n'aimait personne, contre ma mère qui lui pardonnait, contre les fourmis qui trouvaient toujours un moyen de rentrer dans ma chambre quand j'étais sûr d'avoir bouché tous les trous. Contre le grille-pain qui brûlait les tartines même en position 1. Contre la faim et la soif qui ne servaient à rien. Et puis encore contre cette foutue lettre et tous ses secrets, je l'ai prise à deux mains et je l'ai déchirée, j'ai déchiré des morceaux de plus en plus petits jusqu'à ce qu'il n'y ait plus rien à déchirer. Ce qu'elle disait, sa lettre, à Viviane, je m'en foutais. Ça ne devait pas être important, sinon elle aurait attendu que je revienne pour me le dire. Et si c'était important c'était bien fait pour elle, elle aurait dû réfléchir avant d'écrire à un imbécile.

J'ai tout de suite regretté mon geste. C'est vrai que j'étais un imbécile, quoi que je fasse on y revenait toujours, les gens avaient raison. Dans ma tête j'ai recollé la lettre et tout d'un coup j'ai su lire, j'entendais sa voix, je voyais les belles phrases se dérouler comme un fil de lumière et tout était clair. Viviane disait qu'elle allait revenir demain et que tout recommencerait comme avant, qu'elle était désolée de m'avoir fait peur, allez ciao.

Boire. Il fallait que j'aille boire.

Je vais y aller, j'ai murmuré avec mes lèvres de terre. Encore quelques minutes.

J'ai voulu me lever pour aller boire. Une main m'a appuyé sur l'épaule et m'a cloué au sol. Mes lèvres ont touché du métal, un filet d'eau m'a lavé la bouche. Mon estomac s'est retourné comme si on marchait dessus. Il faisait noir, mais c'était peut-être juste que je n'arrivais pas à décoller mes paupières. J'ai crié, en tout cas j'ai voulu, parce que je n'ai rien entendu.

Je ne sais pas combien de temps je suis resté comme ça, à faire tout ce que les mains voulaient. Un coup elles me relevaient, un coup elles me retenaient, un coup elles me forçaient. Un jour j'ai pu ouvrir les yeux, j'ai vu un coton qui approchait, je me suis débattu. Depuis tout petit, je détestais toucher du coton. Je ne pouvais pas l'expliquer, ça me donnait l'impression que mes dents allaient tomber, pire que quand on faisait crisser nos ongles sur le tableau noir pour voir celui qui tiendrait le plus longtemps. J'ai crié mais ça n'a servi à rien. Le coton tiède a glissé sur mes cils. Mes dents ne sont pas tombées.

Petit à petit, la douleur a disparu. Je flottais comme la fois où j'avais failli me noyer, dans les rayons verts et les pastilles de lumière, les nuages de sable et les battements de mon cœur. Dans la dernière seconde avant qu'on me sorte de l'eau j'avais senti un grand calme, et là c'était pareil. Je savais que j'allais bientôt arriver, qu'une vague allait me déposer sur le sable, ahuri mais sain et sauf.

Quelque chose de mouillé s'est collé à mon visage, un vent chaud, une drôle d'odeur. J'ai levé la main, j'ai touché une grosse tête de peluche, j'ai ouvert les yeux et j'ai crié. Le berger pyrénéen a décollé sa langue de ma joue, il a aboyé une fois et il est sorti en courant.

J'ai rempli mes poumons d'une grande inspiration avide de nouveau-né. Je n'avais plus de fièvre. J'ai voulu me redresser mais c'était trop dur alors j'ai bougé juste avec mes yeux. Le plafond avait changé, ce n'était plus mon toit rond avec son bon vieux trou dedans. À la place, il y avait une charpente noueuse posée sur quatre murs de pierre. J'ai tourné la tête, il faisait jour, j'ai aperçu une vieille camionnette par la fenêtre, un modèle vert bouteille. J'étais sûr de l'avoir déjà vue quelque part.

Le gros chien blanc est revenu, il s'est assis pas loin du lit et il m'a regardé avec sa grosse langue qui pendait. J'ai tendu la main pour le caresser, il était juste un peu trop loin pour que je puisse le toucher. J'aimais les chiens mais je n'avais jamais eu le droit d'en avoir un, ma mère râlait qu'elle avait déjà trop de travail comme ça et que j'étais incapable de m'occuper d'un animal, qu'il finirait par lui arriver un malheur comme à Saturnin. Saturnin, c'était un poussin que j'avais gagné à la kermesse de l'école, ou plus exactement qu'on m'avait laissé avoir par pitié. Ça avait quand même quelques avantages d'être l'attardé du village. Saturnin s'était transformé en un poulet énorme. Un jour j'avais oublié de refermer sa cage et il s'était fait écraser sur la route de la vallée. Voilà, pas de chien.

J'ai entendu des pas dehors et Matti est entré en baissant la tête tellement il était grand. J'ai fait « aaaah » parce que maintenant je reconnaissais le vieux camion vert, puis je me suis rendormi aussi sec.

Un soir je me suis réveillé et je me suis levé, juste comme ça, comme s'il ne s'était rien passé. Matti était assis à la grande table, il buvait une assiette de soupe en regardant droit devant lui. Il a pris une assiette sur une étagère en continuant de manger, il l'a posée sur la table en face de lui et c'était tout. Je me suis assis, je me suis coupé une tranche de pain avec le beau canif de corne qu'il m'a tendu. On a mangé ensemble sans rien dire. Évidemment.

Évidemment parce que, comme Bernardo le fidèle serviteur de Zorro, Matti était muet. Il était arrivé un jour dans la vallée, personne ne savait d'où, en tout cas personne ne me l'avait dit, et lui il ne risquait pas de le raconter. Il était berger sur le plateau, c'était l'un des réguliers de la station.

Mon père n'avait pas l'air de l'aimer, je ne comprenais pas pourquoi parce que lui au moins il n'allait pas chercher son essence dans la plaine. Quand Matti venait, mon père se plaignait que maintenant, *ils* venaient jusqu'ici et qu'on n'était plus tranquille nulle part. J'avais demandé qui c'était *ils*. Mon père avait juste dit, « quelqu'un qu'est pas d'ici ». Quand je lui ai demandé d'où il était, il a répondu qu'il n'en savait rien, qu'il s'en foutait, que c'était sûr qu'il n'était pas d'ici et que ça lui suffisait.

J'aimais bien Matti. Un jour, il m'avait vu pleurer derrière la station. Il était passé devant moi sans rien dire pour aller payer et, en sortant, il m'avait lancé une barre de chocolat. Il était monté dans sa camionnette verte et il avait disparu. Depuis, je lui faisais le pare-brise gratos chaque fois qu'il venait.

Matti était beau. Vraiment beau. Il avait les cheveux tout blancs, signe qu'il était vieux, pourtant il n'avait pas l'air de l'être tant que ça. Il était très grand et surtout il était très fort. Une fois, un de ses moutons avait sauté de la camionnette pendant que je lui faisais le plein, Matti l'avait attrapé d'une seule main et l'avait remis dans le camion. D'accord, ce n'était peut-être pas son plus gros mouton, mais quand même.

Les vieux du coin le surnommaient *Silènci*. Mon père avait entendu dire qu'on lui avait coupé la langue, ma mère disait que c'était n'importe quoi et que ce genre de chose, c'était de naissance. Je n'avais pas vraiment d'avis, et personne ne saurait jamais à moins d'aller lui regarder dans la bouche. J'ai bien jeté deux ou trois coups d'œil curieux pendant qu'on mangeait la soupe mais je n'ai rien vu.

Après le repas, Matti a replié son couteau, on est sortis et on s'est assis sur la grosse pierre de la porte. Il faisait encore jour. C'était drôle, parce que c'étaient les mêmes montagnes autour de nous, le même plateau, ça ressemblait exactement à ce que je voyais depuis ma bergerie sauf qu'elle avait disparu. Matti a sorti une Gitane, l'a cassée en deux et m'en a proposé un bout. J'ai secoué la tête, il a remis

la moitié dans sa poche et a fumé l'autre.
Moi je me contentais de respirer sa fumée,
ça me suffisait, et j'étais fier qu'il m'ait
proposé.

Je lui ai demandé comment il m'avait
trouvé, son regard a dévié juste un peu
pour se poser sur son gros patou allongé
pas loin avec une patte en l'air. Le chien
avait dû me renifler et me dénicher pendant que Matti passait avec ses moutons.

J'étais habitué au silence de la station,
alors ça ne me dérangeait pas de ne pas
parler. Mais je me suis dit que Matti devait
quand même être curieux de savoir comment j'avais fini là. La dernière fois qu'on
s'était vus, je lui avais fait un plein parfait
dans mon beau blouson Shell qui craquait
de propreté, et il me retrouvait presque
mort dans le même blouson taché, avec
une épaule déchirée, sur un plateau où il
n'y avait que des moutons, du foin et une
fille qui se faisait passer pour une reine.

Alors je lui ai expliqué, même s'il ne
m'avait rien demandé, comment mes
parents voulaient m'envoyer loin, comment j'avais décidé de leur prouver que
je n'étais plus un gamin, comment j'avais

rencontré Viviane et comment elle m'avait donné l'impression d'être important.

Ensuite je lui ai décrit Viviane, sa mèche blonde, ses yeux très noirs qui faisaient un peu peur, sa façon de bouger comme pour ne pas déranger mais qui dérangeait tellement tout qu'on avait l'impression de se prendre une avalanche.

Elle m'avait écrit une lettre que j'avais déchirée, il n'avait pas rapporté les morceaux par hasard ? Matti a secoué sa grande tête de muet. Je lui ai dit que je ne comprenais pas pourquoi elle avait disparu en laissant une idiote de lettre, il a souri, c'était la première fois que je le voyais sourire. De sa poche, il a sorti une vieille photo avec des couleurs d'autrefois, une femme avec une drôle de coiffure et des pièces d'or qui lui tombaient sur le front, deux enfants qui rigolaient, il manquait les deux dents de devant à la fille. Je ne savais pas trop quoi en faire de cette photo, alors j'ai dit que j'aimais bien les couleurs. Il a hoché la tête et l'a reprise, je crois que ça lui a fait plaisir.

Il a fumé sa cigarette jusqu'au bout, elle a disparu entre ses doigts et il n'a rien eu à écraser, juste quelques brins de tabac qu'il a lâchés dans le vent. Je me sentais triste, tout d'un coup, je regrettais presque qu'il m'ait trouvé dans ma bergerie. Finalement il aurait aussi bien pu me laisser mourir là-bas pour la différence que ça aurait fait. Je n'ai pas pu m'empêcher de penser ça tout haut, après j'ai compris que ce n'était pas très poli et je me suis tout de suite excusé. Lui il a juste gratté sa barbe toute blanche. C'est à cause de Viviane que je suis comme ça, je lui ai expliqué.

En lui disant ça, j'ai compris que ça n'était pas à cause de Viviane, que c'était aussi à cause de mes parents, de Macret, de l'école, que j'étais comme ça, et que je n'avais toujours pas réussi à leur montrer à tous que j'étais moi et que je n'avais besoin de personne, que je pouvais tracer mon chemin tout seul. Ça aussi je l'ai raconté à Matti, je crois que je n'avais jamais parlé autant de toute ma vie, même avec la reine.

Et enfin je lui ai avoué ma plus grande peur : peut-être que Viviane n'avait jamais existé. Plus j'y pensais, plus j'étais sûr de l'avoir inventée. J'avais bien eu des amis imaginaires avant, dont un chat qui jouait de l'harmonica, c'était même là qu'un docteur de l'académie était venu me parler à l'école pour la première fois.

Matti était vraiment spécial, ça c'est sûr. Parce que là il m'a regardé un long moment avec sa grande tête de muet et il a dit :

— Ta copine, la petite Parisienne. Je la connais.

Un jour, je devais avoir sept ou huit ou neuf ans mais en tout cas moins de dix, une famille s'était arrêtée à la station dans une voiture qui ressemblait à un vaisseau spatial. Même mon père était sorti pour la regarder avec admiration. Elle était tellement large qu'en écartant les bras je n'arrivais pas à toucher les deux phares en même temps.

C'étaient des Amerloques, avait dit mon père, la voiture une Buick, on n'en avait jamais vu par là. Ils avaient fait une photo Polaroid qu'ils nous avaient laissée. Après leur départ, je m'étais aperçu que l'un des garçons avait oublié une boîte avec une figurine toute neuve dedans, la boîte disait *GI Joe* et je n'avais jamais rien vu de pareil.

Je mourais d'envie de jouer avec mais

ma grand-mère m'avait déjà parlé de l'enfer, je savais que le GI Joe ne m'appartenait pas, et je l'avais posé sur le rebord de la fenêtre pour le cas où la famille reviendrait le chercher. Mon père s'était moqué de moi, il avait dit que les Amerloques ne reviendraient jamais, que s'ils le faisaient on leur dirait que non, on n'avait pas trouvé leur foutu jouet, et que je ne reverrais jamais un truc à ce prix alors que je ferais mieux d'en profiter.

J'avais refusé. La boîte était restée là sur ma fenêtre, où elle était toujours. Le soleil avait tout de suite fait passer les couleurs mais à l'intérieur le soldat était tout neuf, je le sortais de temps en temps histoire de voir s'il allait bien. La dernière fois, c'était le jour où j'avais quitté la station. Je l'avais fait marcher un peu dans ma chambre, garde-à-vous, position de combat, feu à volonté ! Ce n'était pas vraiment jouer avec, je m'étais dit, juste lui entretenir les articulations.

C'est Matti qui m'a fait repenser à mon GI Joe. Il ne parlait jamais, sa voix aurait dû être rouillée mais non, elle jaillissait toute neuve de sa vieille boîte avec ses couleurs intactes, prête à l'action. C'était une voix claire de rivière, une voix qu'on n'attendait pas sous des cheveux si blancs, elle coulait sur ses *R* comme de l'eau sur un galet, il avait un petit accent qui rappelait celui de ma grand-mère, même s'il n'était pas tout à fait pareil.

Pour le coup c'est moi qui suis resté muet, parce qu'il se passait trop de choses dans ma tête et que je n'arrivais plus à les trier, pourquoi le muet parlait, ce qu'il savait de Viviane, où elle était. Je me suis mis à respirer très vite, il m'a posé une main sur l'épaule et il a répondu tout seul aux questions que je n'ai pas posées.

Il ne faut quand même pas croire qu'après ça Matti s'est mis à faire de grandes phrases, ça non. Il employait le moins de mots possible, il comblait les trous avec des haussements, des froncements, des hochements. Il grognait pour « oui » et il grognait différemment pour « non ». Dans son pays, il a dit, parler ça pouvait vous attirer des ennuis, alors il avait perdu l'habitude, surtout qu'un berger ça ne rencontre pas beaucoup de monde. Si les gens lui avaient posé une question qui exigeait des mots il aurait répondu, mais personne ne lui demandait jamais rien. Alors voilà, il était muet la plupart du temps.

J'ai acquiescé, c'était un peu pareil à la station. La différence c'est que plutôt que de devenir muet, je préférais parler à mes jouets ou laisser les mots sortir au hasard, comme ça, pour ne pas les laisser s'empiler à l'intérieur.

Matti connaissait Viviane, il la rencontrait parfois lors de la transhumance qui passait juste devant chez elle. Ses parents avaient acheté une vieille maison qu'ils avaient retapée. Ils venaient chaque année depuis Paris pour les grandes vacances et ils y restaient jusqu'à la fin de l'été.

Un doute m'a pris, j'ai demandé à Matti s'il restait beaucoup d'été, il m'a dit qu'on était le 13 juillet et de faire le calcul moi-même. J'ai hoché la tête de l'air de celui qui savait, j'ai dit au hasard qu'il restait pas mal d'été alors en essayant de ne pas trop appuyer sur le point d'interrogation à la fin. J'ai raté et c'est sorti comme une grosse question angoissée. Matti a fait son grognement qui voulait dire « ben oui », ça m'a enlevé un gros poids. S'il restait de l'été, c'était que Viviane était encore là. Et si elle était encore là on allait se revoir, ça n'était pas possible autrement.

J'ai supplié Matti de m'emmener chez elle, là maintenant. De savoir qu'elle était là sur le même plateau que moi, ça me rendait fou, je voulais la voir, lui demander pourquoi elle m'avait oublié, moi, son meilleur ami. Matti a rigolé, il a dit qu'il fallait marcher un bout de chemin et que ça pouvait bien attendre demain.

Je n'avais jamais rien entendu d'aussi idiot de ma vie mais ça aussi, ça aurait été malpoli de le dire.

Le berger s'est levé, il est rentré dans la bergerie et il est ressorti avec une bouteille sans étiquette et un petit verre. Il s'est rassis sur le rebord de la porte, il l'a rempli et me l'a proposé. Je sentais l'odeur de l'alcool et je lui ai dit que je n'avais pas le droit, j'avais bu une bière en douce un jour et ça m'avait fait faire encore plus de bêtises que d'habitude. Il a haussé les épaules, il a avalé le verre d'un trait et il a fait claquer sa langue contre son palais.

Son eau-de-vie sentait les prés après la pluie, les fleurs mouillées, mais avec une amertume derrière qui disait que l'orage n'était pas complètement passé.

Le soleil a disparu de l'autre côté du plateau, le temps de cligner des yeux il a fait nuit. J'étais fatigué, si je me couchais trop tard j'étais grognon le matin, et demain c'était un jour important. J'ai serré Matti dans mes bras, ça a eu l'air de le surprendre et finalement ça m'a surpris aussi, il est resté comme un idiot avec ses bras à lui un peu écartés. En rentrant, je l'ai vu se servir un autre verre qu'il a descendu d'un coup.

Cette nuit-là j'ai fait un cauchemar. Normalement mon père venait me secouer pour me dire d'arrêter de geindre parce que ça l'empêchait de dormir et pour les grands cauchemars, ceux qui me faisaient pleurer, c'était ma mère qui me consolait.

Je me suis réveillé en sueur, l'aube escaladait doucement le mur face au lit que Matti m'avait arrangé dans la pièce principale. Je ne me souvenais plus de mon rêve mais ma mère me manquait, alors je l'ai imaginée, je l'ai serrée contre moi en attendant que le jour se lève. Et même là j'ai encore attendu, histoire d'être complètement certain que la lumière avait chassé tous les monstres.

Mais c'est ça qui est fort avec les monstres, ils savent toujours se cacher là où on ne les attend pas.

Il n'y avait pas un bruit quand j'ai enfin osé me lever. Matti dormait encore. Je suis sorti dans l'air du matin, le plateau brillait, j'étais fort. J'ai marché jusqu'à l'abreuvoir, une bonne odeur de mouton sortait de plusieurs petites bergeries de pierre derrière la maison. Je me suis mis tout nu et j'ai plongé la tête dans l'eau.

C'était tellement froid que j'ai pris un coup de marteau, j'ai sauté en arrière, j'ai crié en silence, le froid m'avait volé ma voix et mes pensées, puis j'y suis retourné, le corps tout entier cette fois, je suis devenu bleu, je ne pouvais plus respirer. Je m'étais rarement senti aussi bien. Ensuite j'ai lavé mes vêtements un par un et j'ai couru à la frontière du jour et de la nuit qui reculait sur l'herbe. J'ai étalé mes affaires dans les premiers rayons du soleil, les plus beaux, ils étaient tellement bas qu'ils n'avaient rebondi nulle part, ils n'avaient pas encore soulevé la poussière qui les salirait plus tard. Je me suis allongé à côté de mon blouson, on avait tous les deux les bras en croix, et j'ai grelotté de joie.

Aujourd'hui j'allais chez Viviane.

J'ai quand même dû revenir à la bergerie au bout d'un moment, il faisait tellement froid que mon zizi était presque rentré, j'ai tiré dessus de peur qu'il disparaisse. J'ai juste remis mon slip parce que rien n'était sec. Matti n'était toujours pas levé et je suis allé regarder dans sa chambre.

Ce matin-là, dans cette pièce toute jaune de soleil neuf, j'ai compris quelque chose d'important. J'étais bizarre, pas normal, plein de problèmes, d'accord. On n'arrêtait pas de me le répéter. Mais finalement tout le monde était comme moi. Les autres avaient aussi leurs Malocchio, leurs cauchemars et leurs Macret à eux, ils leur donnaient juste d'autres noms.

Matti était allongé, les yeux ouverts, il grognait doucement. Une bouteille vide dépassait de sous le lit, une odeur de vieux beurre m'a pris au nez, j'ai failli sortir mais je me suis rappelé que j'avais besoin de lui. Je l'ai secoué, tiré, je lui ai rappelé qu'il avait promis de m'emmener chez Viviane mais il est juste resté à fixer le plafond en gémissant. Je lui ai demandé où elle habitait, peut-être que je pouvais y aller tout seul, là ses lèvres ont bougé. Je me suis penché mais il disait juste « moutons, moutons… ».

D'abord, j'ai été en colère. Puis je me suis souvenu qu'il s'était occupé de moi et qu'il n'avait rien demandé non plus. Alors j'ai arrêté de penser à Viviane, en tout cas j'ai fait semblant. Je me suis servi d'un vieux chiffon gris qui traînait dans l'évier pour lui essuyer le visage, comme ma mère le faisait avec mon père et moi quand on avait de la fièvre. Après un moment Matti s'est redressé, il a vomi par terre et là ça n'a fait ni une ni deux, j'ai vomi moi aussi, on a été malades comme des chiens, on n'était pas beaux à voir.

L'après-midi il s'est réveillé juste assez longtemps pour me demander de m'occuper des moutons. Il a dit que son patou

m'aiderait et il s'est rendormi aussi sec.
Je suis allé voir les animaux derrière la
maison et je suis resté là comme un idiot
avec mes bras qui pendaient. Personne
ne m'avait jamais appris à m'occuper des
moutons. Mon poste à moi, c'était de
faire le plein, et même ça on ne m'y avait
pas autorisé du jour au lendemain, j'avais
dû regarder mon père pendant des mois
et gagner sa confiance. Les moutons me
lorgnaient tous de l'air d'attendre quelque
chose mais je ne savais pas quoi, et ça
m'angoissait de les décevoir, parce que
d'une certaine façon ils étaient comme
mes clients à la station. J'avais une res-
ponsabilité.

Ils avaient de l'eau, elle coulait directe-
ment dans une rigole depuis l'abreuvoir.
J'ai pensé qu'ils avaient peut-être envie
de se dégourdir les pattes et j'ai ouvert
la porte dans l'une des bergeries. Ils sont
tous sortis en bêlant et se sont éparpil-
lés en direction des montagnes. Je leur
ai couru après mais je n'ai pas réussi à
en attraper un seul et je me suis effondré dans l'herbe, épuisé. Je n'aurais pas
cru que ça courait aussi vite, un mouton,

surtout emmitouflés comme ils l'étaient dans leurs gros chandails.

Je me suis rendu compte que j'étais toujours en slip. Je suis devenu tout rouge, heureusement personne n'était là pour me voir. J'ai récupéré mes affaires et je me suis assis pour répéter dans ma tête ce que j'allais dire à Matti. J'avais fait évader la moitié de son troupeau et le jour descendait. Voilà, ça lui apprendrait à me faire confiance. Si je demandais à Matti de faire le plein à ma place et qu'il en mettait partout, qui on enguirlanderait ? Moi. Là c'était pareil mais à l'envers.

J'essayais de m'imaginer combien coûtait un mouton. Cinq francs ? Dix ? J'espérais que Matti n'allait pas me demander de le rembourser. J'ai réalisé que j'avais laissé tout mon argent dans ma tirelire à la station. Je ne pensais pas en avoir besoin pour aller faire la guerre.

Au même moment le chien de Matti est sorti de la maison, il a trotté vers le pré et en trois gros aboiements il a rassemblé toutes les bêtes. Elles ont filé doux vers la bergerie sans demander leur reste. Même si ça voulait dire que le chien était plus intelligent que moi, j'étais quand même drôlement soulagé.

Quand je suis rentré dans la maison, les fenêtres étaient ouvertes, Matti était debout et finissait de se raser dans l'évier de la cuisine en se regardant dans le fond d'une casserole. Sans sa barbe il paraissait encore moins vieux. Il ne m'a pas regardé, il a juste demandé comment ça s'était passé avec les moutons, j'ai dit « bien », il a annoncé qu'il m'emmènerait voir Viviane le lendemain et on n'a plus parlé de ce qui s'était passé ce jour-là.

À la nuit tombée on a entendu comme des coups de canon, du genre à faire trembler les vitres sauf que la bergerie n'avait pas de vitres. C'étaient les feux d'artifice du 14 Juillet dans la vallée, a expliqué Matti. Du plateau on pouvait seulement les entendre, alors on s'est assis sur le rebord de la porte, on a fermé les yeux et on a imaginé le reste.

Quand Matti a annoncé qu'on était presque arrivés, j'ai refusé d'aller plus loin. Le soleil à peine levé, on avait traversé les pâturages tout droit derrière sa maison, contourné le bout d'une montagne qui venait s'étaler là dans un tas de pierres, Matti avait désigné un petit bosquet de pins et dit « Ta copine habite juste derrière ».

Soudain, c'était trop pour moi, je me suis accroupi dans les cailloux sur le bord du chemin et j'ai mis mes mains sur mes oreilles parce que trop de voix me racontaient trop de choses différentes. Peut-être que Viviane n'avait plus envie de me voir, qu'elle me trouvait trop bête et que c'était ce qu'elle écrivait dans la lettre, même si elle avait sûrement trouvé une façon gentille de le dire. Ça m'était arrivé plusieurs fois à l'école, les nouveaux venaient vers moi à la rentrée, dès que je leur parlais ils faisaient une drôle de tête et ils m'évitaient à la récréation pendant tout le reste de l'année.

J'ai demandé à Matti d'y aller tout seul. Si Viviane voulait me voir elle n'avait qu'à lui dire, si elle ne voulait pas elle n'avait qu'à lui dire aussi. Matti a marmonné que maintenant voilà qu'il était la bonne d'un *payo*, je l'ai regardé sans comprendre, il a roulé ses grands yeux bleus et il a disparu derrière les pins.

Je suis resté assis sur mes talons à me balancer doucement, j'ai eu l'impression qu'il mettait des heures. Je fixais très fort le bosquet pour le faire revenir et j'ai fini par réussir. Son immense silhouette est apparue, même de loin il avait l'air grand. Il marchait drôlement, il lançait une jambe en avant et son corps avait l'air de s'en apercevoir après coup et d'essayer de la rattraper en catastrophe. Moi je m'en foutais de sa drôle de démarche, je voulais juste qu'il avance plus vite.

Enfin il est arrivé. Il a fourré ses mains

dans ses poches et il s'est tourné vers le côté ouvert du plateau, il l'a fixé sans un mot, on avait parfois l'impression qu'il oubliait tout, qui il était, où il était et le reste du monde. Même moi je trouvais ça un peu bizarre, c'est dire. C'était le *Silènci* étrange et mystérieux dont parlaient les vieux.

Je mourais d'envie de dire « Alors ? » mais c'était le genre de mot qui appelait les mauvaises nouvelles, je l'avais appris très tôt. *Alors le directeur dit que tu ne peux plus aller à l'école. Alors ta grand-mère t'aime beaucoup mais elle est partie. Alors non, le père Noël n'existe pas.* Des « alors » comme ça, j'en avais une liste longue comme le bras.

Mais comme Matti ne disait toujours rien, il a fallu que j'ouvre ma grande bouche, je n'ai pas pu m'en empêcher.

– Alors ?

– Alors ils sont partis.

Je le savais. J'aurais mieux fait de la fermer, crétin que j'étais. Je me suis tiré sur les cheveux jusqu'à avoir mal.

La maison était fermée, Matti a continué, mais je n'ai pas écouté la suite, je suis parti en courant pour aller voir moi-même. Le château de la reine Viviane était juste derrière le bosquet et, bien sûr, ce n'était pas un château de mille pièces avec des chandeliers en pierre de lune mais une vieille bergerie en pierre au rez-de-chaussée avec dessus un étage en bois neuf. Je n'y avais pas cru à son histoire de château mais quand même, je n'ai pas pu m'empêcher d'être un peu déçu. Ça n'a pas duré longtemps, parce que le principal, c'était que la maison était bien fermée. Moi il fallait que je voie quelque chose pour y croire, comme le saint du catéchisme qui n'avait pas cru au Petit Jésus Ressuscité et qui avait dû mettre le doigt dans ses Blessures, j'avais même vomi en classe quand le curé nous avait raconté ça.

Viviane était partie, elle avait emporté nos jeux, nos rires, ses mensonges formidables et ceux que j'aimais moins, comme quand elle avait dit qu'elle resterait toujours avec moi.

Je ne me rappelle pas être rentré chez Matti mais je sais que j'ai dormi longtemps,

comme je le faisais quand j'étais malheu-
reux. Lui il n'a rien dit, il a continué de
faire le berger comme si je n'étais pas là,
et d'une certaine façon ça m'a rappelé la
maison, ça m'a aidé à aller mieux.

Enfin je me suis levé. Matti avait un
calendrier, je lui ai demandé de me
montrer le jour qu'on était, puis le jour
de mon anniversaire, puis le jour où il
m'avait trouvé, et comme ça j'ai essayé
de reconstituer le temps écoulé depuis que
j'avais quitté la station. Bien sûr je savais
ce qu'était un jour ou une semaine ou un
mois. C'est avec les mots vagues comme
longtemps ou *bientôt* que j'avais plus de
mal. J'ai compris que j'étais arrivé sur le
plateau vers la mi-juin, parce que Viviane
avait dit qu'on était deux mois avant mon
anniversaire, mais est-ce que c'était il y a
longtemps, vu qu'on était le 17 juillet ?
Et mon anniversaire, le 26 août, c'était
proche ou lointain ? Quand j'ai demandé
à Matti, il a répondu que ça dépendait de
mon impatience, et là j'ai encore moins
pigé. Évidemment si le temps dépendait
de moi, on n'était pas près de s'en sortir.

J'avais quand même inventé un moyen

à moi de le mesurer, ce satané temps. Sur le calendrier de Matti, qui ressemblait à celui de l'atelier de mon père (la fille en maillot de bain orange en moins), il y avait la largeur d'une main écartée, du pouce au petit doigt, entre le début du mois et le milieu du mois. Un mois entier c'était donc deux mains. J'avais quitté la station depuis une main et trois doigts, ça commençait à compter. Il restait deux mains et un doigt avant mon anniversaire, et ça c'était clair, c'était loin, tellement loin que c'était de la science-fiction.

J'avais le choix. Je pouvais partir et essayer de me trouver une guerre ou alors un travail pas trop compliqué quelque part. Mais j'ai décidé d'attendre Viviane, peut-être qu'elle allait revenir. Matti n'en savait rien, ils ne venaient que l'été et c'était la première fois qu'ils repartaient avant la fin. Il a bien essayé de me faire comprendre que la maison fermée, ça n'était pas très bon signe, j'ai préféré ne pas l'écouter. J'aurais mieux fait.

J'ai offert à Matti de l'aider s'il me laissait dormir chez lui et s'il me donnait à manger. Il a voulu savoir si j'avais l'habitude des moutons. Le dernier mouton que j'avais vu de près, Martin Ballini était à l'intérieur pour la représentation de la Nativité mais j'ai décidé de mentir, de répondre qu'il n'y en avait pas deux comme moi et que les moutons, ça me connaissait par cœur. Sauf que je n'étais pas un très bon menteur et quelque chose s'est coincé, j'avais beau essayer de parler je n'y arrivais plus. Matti a vu que j'allais m'énerver et il m'a demandé si je savais faire la différence entre l'avant et l'arrière d'un mouton. Ça oui, je savais. Il m'a tapé deux fois sur l'épaule et il a dit :

— T'es embauché.

Je crois que Matti n'a pas fait une trop
mauvaise affaire, parce que je me suis
occupé des moutons sans faire de bourde
et qu'il m'a vite confié des missions de
plus en plus importantes comme de véri-
fier qu'aucun n'avait la gale ou de contrôler l'état des sabots. À la moindre erreur
tout le troupeau risquait de souffrir, et
c'était en cette saison qu'il avait le plus de
bêtes parce que des élevages de la plaine
lui en confiaient en plus des siennes.

Pour être honnête ça ne valait pas tout
à fait mon rôle de pompiste à la station
mais j'avais décidé de ne pas y penser.
Matti fabriquait des fromages dans le
bâtiment le plus éloigné de la maison, ils
étaient bons, tellement que j'en gobais
parfois un en douce. Ensuite il fallait tous

les réaligner pour que le crottin manquant ne se voie pas.

Matti et moi, on avait un accord. Quand les moutons rentraient le soir, j'étais libre jusqu'à l'heure du dîner. Je partais en courant à travers les prés et j'allais jusque chez Viviane. Pendant le trajet, j'imaginais ce que je ferais si je trouvais les volets ouverts, ce qu'on se dirait, je m'angoissais de savoir si on devait s'embrasser ou se serrer la main ou un mélange un peu maladroit des deux comme quand tatie Sylvette, la sœur de mon père, était venue nous rendre visite cet hiver pour la première fois.

Ça ne ratait pas, je trouvais toujours la maison fermée. Je restais assis devant le plus longtemps possible, jusqu'à la dernière minute, je savais que Matti n'aimait pas que j'arrive en retard au dîner même si on mangeait sans échanger un mot. Peut-être qu'ils viennent de s'engager dans la vallée, je me disais, ils vont bientôt être là, juste le temps de monter. Ils ont dû s'arrêter à la station, ou alors ils sont coincés derrière un camion. Bientôt je verrais la poussière sur la route. Là, c'était sûr, maintenant, ils allaient arriver, c'était une question de secondes. Je compte jusqu'à dix. *Un, deux, trois, colchiques dans les prés, bleu blanc rouge, ABCD, cinq, six, non j'ai oublié un chiffre. Un, deux, trois...*

Ils n'arrivaient jamais et le lendemain je recommençais. Je regardais la maison de toutes mes forces, je me prenais pour Superman qui pouvait voir à travers les murs avec ses yeux laser. J'essayais de deviner quels volets étaient ceux de Viviane. J'avais choisi ceux du haut, sur le côté de la maison face à la forêt. Je faisais mes yeux laser et je décorais sa chambre de tous les trucs roses de fille qu'on voyait dans les réclames de Noël.

Les jours passaient, je les suivais attentivement sur le calendrier pour ne pas perdre le fil. On est arrivés au 29 juillet et ça a été la première de deux bêtises qui m'ont fait comprendre, plus tard, qu'il était temps pour moi de partir.

Sous le chiffre 29, il y avait un petit cercle vide qui signifiait que c'était la nouvelle lune. Ma grand-mère m'avait appris que ça portait malheur de voir la nouvelle lune à travers une vitre, alors à la station je fermais tous les volets ces soirs-là pour ne pas risquer un accident. J'ai dit que chez Matti il n'y avait pas de vitres et c'était vrai, les fenêtres ne fermaient qu'avec un volet de bois, sauf dans un petit réduit à l'arrière qui était toujours vide. Là il y avait un seul carreau sale sans volet et je me connaissais, je savais que le carreau allait m'attirer, qu'il allait me forcer à regarder la lune à travers lui justement parce que je ne voulais pas le faire. Alors pendant que Matti n'était pas là j'ai fait la seule chose possible, je lui ai cassé sa vitre. Quand il est revenu il s'en est aperçu tout de suite à cause du courant d'air, moi j'ai fait celui qui ne savait pas comment c'était arrivé. Il m'a jeté un drôle de regard en coin mais apparemment j'étais devenu doué en mensonge parce qu'il n'a rien dit. On a découpé un morceau de carton et on l'a mis à la place. Après on a mangé la soupe dans nos assiettes en fer émaillé, je suis allé les rincer à l'abreuvoir comme d'habitude et on s'est couchés. J'ai pu dormir tranquille. Prends ça, Malocchio.

Matti m'a montré le chemin de mon ancienne bergerie, j'y suis allé pour chercher ce qui restait de la lettre de Viviane

mais les bouts avaient presque tous disparu. J'y suis retourné plusieurs fois quand
même, quand j'avais un peu de temps, et
de là j'essayais de retrouver la grotte aux
esprits, je tournais sur moi-même et je partais dans une direction au hasard en faisant attention à ne pas aller trop loin pour
ne pas me perdre. Viviane avait bien fait
les choses parce que je n'ai jamais réussi.

Le mois d'août est venu. La chaleur
assommait le plateau mais un peu de
vent frais parvenait toujours à se glisser
dessous, dans le tout petit espace entre
l'air brûlant et l'herbe, pour nous rafraî-
chir un peu. Un matin j'ai trouvé Matti
dans le même état que la première fois,
une bouteille vide par terre, il gémissait
dans son lit. Ce jour-là, son patou et moi
on s'est débrouillés comme des chefs. Le
patou s'appelait Alba et on était devenus
bons amis. En rentrant, j'ai vu Matti qui
se rasait dans sa casserole et le lendemain
c'était oublié.

Je ne m'étais pas senti aussi triste depuis
la mort de Saturnin. Quand il s'était fait
écraser, ma mère m'avait fait un câlin
et m'avait expliqué qu'avec le temps ça

passerait. Moi je n'y avais pas cru, déjà que je ne comprenais rien au temps je ne voyais pas comment il pouvait faire passer la tristesse. Pourtant c'était vrai, un jour je m'étais réveillé moins triste, et petit à petit j'avais cessé de faire des cauchemars où une voiture couverte de plumes, tellement qu'on n'en voyait plus la peinture, venait me demander de faire le plein.

Je me suis dit que ça serait peut-être pareil avec Viviane, qu'elle cesserait de me manquer à force d'aller chez elle et de trouver tous les jours les volets clos. La différence, c'est qu'en vrai je n'avais pas envie qu'elle arrête de me manquer, mon manque je m'y cramponnais et c'est sûrement pour ça que le coup du temps n'a pas fonctionné.

Un soir, l'une des rares fois où il a ouvert la bouche, Matti m'a demandé ce qu'elle avait de si spécial, cette fille. Moi j'ai juste haussé les épaules mais je me souvenais qu'avec elle, je n'avais plus peur de rien, c'était un sentiment agréable qui m'avait rendu la vie plus facile. C'était trop compliqué de lui expliquer avec des mots.

La deuxième bêtise, je l'ai faite le 17 août, le lendemain de ce gros orage qui casse tous les ans l'été en deux. La pluie lavait la chaleur et la poussière et après ça les soirées rafraîchissaient, on roulait doucement jusqu'à l'automne. Avec Matti on menait les moutons à leur nouveau pâturage un peu plus loin de la bergerie pour laisser reposer les prés de derrière. On a entendu une voiture et, comme d'habitude, je me suis caché derrière un talus sur le côté de la route parce qu'on ne savait pas si les gens me cherchaient toujours. La voiture est arrivée et s'est arrêtée le temps que Matti écarte les moutons. Après un moment, je n'ai plus entendu de moteur et je me suis redressé.

La voiture n'avait pas bougé, le conducteur avait juste coupé le contact pendant que Matti dégageait le passage à coups de « Ha ! » et de bâton sur des culs laineux. Il y avait quatre personnes dans la voiture, celle assise derrière de mon côté s'est tournée et m'a regardé droit dans les yeux.

C'était Macret. On s'est fixés, je ne pouvais plus respirer, puis il a retourné la tête.

Il ne m'avait pas reconnu. C'est vrai qu'on ne s'était pas vus depuis que j'étais parti de l'école et qu'à cet âge on change vite, c'est vrai aussi que j'étais couvert de poussière et ébouriffé d'avoir marché derrière les moutons. Mais lui, il était toujours le même et moi aussi. Au fond, je me suis dit, hors de l'école je n'existais même pas pour Macret, et ça m'a donné l'impression de ne plus rien valoir si lui, mon ennemi juré, ne me reconnaissait pas ailleurs qu'à ma place dans la classe au milieu à droite. Je l'avais laissé me tabasser, j'avais laissé mon père me traiter de femmelette quand je rentrais avec un œil au beurre noir, me dire que ce n'était pas du sang que j'avais dans les veines mais du jus de gnocchi, et tout ça pour rien.

Là ça m'a rendu fou. Je ne sais pas ce qui m'a pris, j'ai bondi de derrière mon talus en criant et je suis allé taper de toutes mes forces contre les vitres de la voiture. Le type qui conduisait est descendu tout de suite, ça devait être le père Macret vu qu'il lui ressemblait en plus vieux, il avait les mêmes yeux mauvais. Matti est arrivé tout de suite, il m'a tiré en arrière et m'a balancé derrière ma butte. C'est vrai qu'il était fort, j'ai fait plusieurs tours dans l'herbe avant de pouvoir me relever.

De loin, j'ai vu Matti parler au chauffeur, il a sorti un billet de sa poche et lui a donné, la voiture n'avait rien, allez, c'était oublié. La passagère à l'avant avait l'air encore ahurie mais Macret, à l'arrière, se marrait de toutes ses dents. Voilà, là c'était le Macret que je connaissais, et ça m'a rassuré, notre haine était intacte. Matti a fini de dégager le troupeau, la voiture est repartie vers la vallée. Ils devaient revenir de vacances, certains habitants du coin coupaient par le plateau pour éviter les gros embouteillages de la nationale.

Matti ne m'a posé aucune question, il était chic pour ça, mais entre le coup de la vitre et celui-là, les choses n'ont plus été tout à fait pareilles entre nous. Je le surprenais qui me regardait un peu bizarrement, de temps en temps, comme s'il se demandait ce qu'il allait bien pouvoir faire de moi. Un peu comme mes parents, finalement, sauf que lui il n'aurait jamais appelé quelqu'un en douce pour m'emmener. Matti ne m'a jamais grondé, jamais tapé, jamais parlé méchamment, et ça je ne l'oublierai pas.

Le 26 août, j'ai dit à Matti que c'était mon anniversaire, je lui ai montré le jour sur son calendrier, il m'a juste tapé dans le dos et voilà. Le soir dans ma tête je me suis offert plein de cadeaux, un nouveau GI Joe pour commencer une armée avec celui que j'avais déjà, un train électrique, puis j'ai allumé assez de bougies pour chasser la nuit du plateau entier. J'avais mille ans, j'étais vieux comme les pierres et les petites flammes brillaient partout, il n'y avait pas assez de place dans l'univers pour les faire tenir. Je les ai toutes soufflées et la nuit est revenue.

Le 31 août, je suis allé voir une dernière fois si Viviane était là.

Les volets étaient toujours fermés. C'était normal, au fond, c'était la rentrée des classes pour les gens normaux, et c'est là que j'ai compris qu'elle ne reviendrait pas. Cette histoire-là était terminée.

Il était temps pour moi de me remettre en route.

Le plus dur pendant les longues soirées chez Matti, cet été-là, c'était qu'il n'avait pas la télé. Nous on en avait une, un beau poste luisant que je regardais tout le temps, mes parents disaient que ça me calmait. Je l'aimais tellement que j'aurais pu la regarder éteinte, c'était facile de la remplir de mes images à moi. J'avais du mal à comprendre comment on pouvait se passer d'un téléviseur en sachant qu'ils existaient. Ça m'angoissait presque de penser qu'en ce moment même, Zorro était en train de signer des *Z* sur des ventres de bandits et que je n'étais pas là pour le voir.

C'est l'excuse que j'ai utilisée pour expliquer à Matti que je voulais partir. Je ne suis peut-être pas une lumière mais certaines choses, je les comprends très bien. Je ne pouvais pas lui dire que je partais pour ne plus lui causer d'ennuis. Il ne m'aurait pas laissé faire.

Le coup de la télé a marché, même s'il m'a regardé de travers, en grattant sa barbe qui repoussait comme s'il n'était pas sûr de me croire. Au final, il n'a pas discuté. Grogne-grogne, hausse-fronce, il m'a demandé à sa façon à lui où je comptais aller.

Loin, j'ai expliqué, là où Viviane n'habitait pas, là où elle ne pouvait pas me torturer avec sa maison fermée. Je pourrais devenir un homme tranquillement, c'était quand même pour ça que j'avais quitté mes parents. Un jour, je reviendrais m'occuper de la station et personne ne trouverait rien à y redire.

Matti s'est mis à rire. Si c'était à cause d'une fille que je me mettais dans de telles complications, alors ça voulait dire que j'étais déjà un homme et je pouvais aussi bien rester ici. Ça m'a fait plaisir, je n'ai pas pu m'empêcher de lui montrer mes biceps, il a hoché la tête et confirmé que, pas de doute, c'étaient bien des biceps d'homme. On a rigolé ensemble.

Mais je devais m'en aller, on le savait tous les deux. Matti a sorti une grande carte sale d'un tiroir, il a expliqué qu'il y manquait des routes mais qu'elle suffirait. Quand il l'a ouverte, le bleu m'a sauté à la figure, la terre et les forêts devaient en être jalouses de ce bleu tellement il était beau. J'avais vu la mer dans les livres mais jamais en vrai. J'ai posé le doigt dessus, Matti a hoché la tête, l'air de dire que j'avais bien choisi. On est sortis, il m'a montré où était le sud, la mer était par là. Il m'a recommandé de marcher de nuit, parce que si quelqu'un me repérait le long d'une route ça ne ferait ni une ni deux, les gendarmes me cueilleraient et me ramèneraient chez moi. Je devrais faire attention à qui je parlais. Si je rencontrais des gens comme lui, ils m'aideraient. Je les reconnaîtrais. Je n'avais qu'à leur dire que j'étais « un ami du cousin d'Amaya, celui des Pradal, qui a eu les ennuis à Benidorm en 1958 ». Il m'a fait apprendre ça par cœur, il a ajouté que je ne devais révéler à personne où il était, à personne au monde, sinon il me tomberait dessus le *Mal de Ojo*, qui était apparemment un genre de cousin du Malocchio. Ça me faisait un peu peur d'imaginer que le Malocchio avait de la famille.

Il y avait une dernière chose que je voulais faire avant de partir, c'était de revoir la station, parce que je ne savais pas quand je reviendrais. J'en profiterais pour récupérer mon magazine enterré mais ça, je ne l'ai pas dit à Matti. Il m'a permis de ne pas travailler le lendemain, je l'ai remercié et on n'a plus parlé de la soirée, parce qu'on s'était dit tout ce qu'on avait à se dire sur le sujet.

Je suis parti de bonne heure, avant qu'il fasse trop chaud, j'ai commencé la descente un peu après le lever du jour. À mi-parcours je me suis arrêté et j'ai mangé un bout de fromage avec un morceau de pain. Tout l'air de la vallée montait vers moi comme pour m'accueillir avec ses odeurs de rocher, d'eau froide, de thym, de fioul de camion. J'étais bien et je crois même que j'ai dormi quelques instants, comme ça au bord du vide, avant de me remettre en marche. Bientôt la station est

apparue en bas du chemin blanc, exactement telle que je l'avais laissée en partant.

Bien sûr je n'avais pas l'intention de me
montrer à mes parents, ils ne m'auraient
jamais laissé repartir. Je voulais juste les
voir et leur faire savoir que j'allais bien.
Matti avait taillé un vieux crayon avec son
canif et sur un bout de papier il avait écrit
pour moi « Je vé bien ». On avait hésité sur
le sens de l'accent et finalement on avait
laissé tel quel. Le papier était plié dans
ma poche.

Je me suis arrêté à la lisière des arbres,
je ne pouvais pas aller plus loin sans risquer d'être vu. Les volets de ma chambre
étaient fermés, rien ne bougeait. Il faisait
chaud. Ici dans la vallée l'été n'avait pas
l'air de savoir qu'il allait bientôt devoir
s'en aller. Personne ne lui avait rien dit et
il s'était installé confortablement, un peu
comme moi, sans penser très loin.

Une voiture rouge était garée près de
l'atelier, j'ai reconnu celle de la bouchère
de Barrême, la veuve Ghilardi. Je me suis
déplacé pour voir l'intérieur du magasin,
j'ai aperçu ma mère qui rangeait des bis-
cuits sur une étagère. Elle portait son pull

jaune à col roulé, celui qui me donnait des chocs électriques quand elle me faisait des câlins. Ça m'a fait un gros serrement au cœur, tellement que j'ai failli courir pour aller la voir. Je me suis retenu, je ne sais pas comment.

Un peu après j'ai vu Mme Ghilardi sortir de l'atelier à l'arrière. Elle a regardé à droite et à gauche en tirant sur ses vêtements, puis elle est montée dans sa voiture. Elle a démarré, calé, redémarré et elle est partie. Mon père est apparu à la porte à son tour, il a regardé comme elle à droite et à gauche avant de se renfoncer dans la pénombre de l'atelier.

Ma mère, pendant ce temps-là, avait fini de ranger les étagères. Ça voulait dire qu'elle allait bientôt prendre son thé, et elle a fini par disparaître dans la maison par la porte du fond, celle marquée *Privé*. J'avais le cœur qui battait, je me suis courbé et j'ai filé jusqu'à la porte du magasin. Je ne pouvais pas l'ouvrir sans déclencher la sonnette, alors j'ai juste glissé mon mot dessous et je suis reparti vers les bois. Là j'ai marché sans me retourner, parce que j'avais peur de ne plus pouvoir repartir si je m'arrêtais. J'ai marché de plus en plus vite, puis je me suis mis à courir de toutes mes forces, jusqu'au moment où j'ai dû m'accroupir pour reprendre mon souffle parce que tout brûlait. Je me suis rendu compte que j'avais oublié de déterrer mon magazine au passage. Mais c'était trop tard, et tout d'un coup il me dégoûtait.

J'ai pensé à ma mère en remontant, à la bonne odeur de son shampoing, à ses câlins électriques, et des larmes ont coulé sur mes joues. Quand j'ai dit que j'avais tenu ma promesse de ne plus jamais pleurer, j'ai menti.

J'ai hissé mon corps lourd sur le plateau, le soleil descendait et le vent m'a fait un bien fou. J'étais épuisé par mon voyage, j'avais une grande douleur dans le ventre et en même temps elle me faisait du bien. Je suis revenu sans me presser chez Matti, j'ai marché un peu les yeux fermés, puis un petit bout de trajet en marche arrière, puis normalement jusqu'à la fin.

Il n'y avait personne quand je suis arrivé. J'ai appelé, j'ai entendu Alba aboyer à l'arrière et j'ai contourné la maison. Matti se tenait sur le seuil de la fromagerie, il était en train de rendre la monnaie à un type qui lui avait acheté une caissette de crottins. Je lui ai fait un signe et je suis allé me saisir la figure à l'eau glacée de l'abreuvoir. Le type est passé devant moi avec ses fromages, on s'est fait un signe de tête. J'ai quand même fait attention de ne pas trop montrer la mienne.

J'ai rejoint Matti dans la cuisine, il coupait un oignon et je me suis assis sans rien dire parce que je savais que je ne pouvais pas l'aider, il ne me laissait pas jouer avec son couteau. Il a fait glisser les rondelles dans une poêle d'huile d'olive et il s'est essuyé les mains. Pendant que ça cuisait, il est allé s'allumer une demi-cigarette sur le seuil.

Il a aspiré la première bouffée comme s'il voulait assécher tout le plateau et il a laissé la fumée s'échapper par son nez, il savait que ça m'amusait, ça donnait l'impression qu'il brûlait de l'intérieur. Puis il s'est tourné vers moi et il a fait :

— Le gadjo qui achetait des fromages. C'est le père de ta copine.

Autrefois, l'autrefois d'avant ma fugue, j'aurais crié ou ri comme un fou ou fait une crise d'angoisse, bref un de ces trucs qui me tombaient dessus en cas d'émotion forte. Mais j'avais dû changer parce qu'il ne m'est rien arrivé. J'ai hoché la tête et je suis allé m'asseoir à la grande table en bois.

C'était drôle, je pensais à une pièce de théâtre que j'avais vue à la télévision. Elle était passée juste après mon épisode de Zorro, je n'y comprenais rien mais j'avais continué à regarder parce que je m'ennuyais. Et surtout, j'adorais les changements de décor. Les grandes villes qui glissaient derrière la scène, les vallées qui s'aplatissaient en campagne, le jour qui ne tombait jamais puis qui se faisait guillotiner brusquement, *zip couic*, par un rideau de nuit. C'était formidable.

Et c'était exactement ce qui était en train de se passer dans ma tête. Quand j'avais décidé de partir, le décor qui contenait Viviane avait tourné pour laisser place au suivant, une mer lointaine, une route sur le dos des collines, des campements de voyageurs silencieux qui m'accueillaient à bras ouverts parce que j'étais un ami de Matti. Et au-delà de la mer, qui savait ? Il y avait sûrement un autre décor qui attendait en coulisses que je le mette en place.

L'annonce de Matti chamboulait tout, d'un seul coup le décor de Viviane revenait en grinçant de toutes ses forces, il poussait ma mer hors de l'écran et se réinstallait avec son plateau jaune, son soleil écrasant et ses sources fraîches, sa grotte aux esprits, ma bergerie au toit troué et celle de Matti avec ses moutons comme des nuages.

J'ai quand même dû faire une drôle de tête parce que Matti m'a rempli un demi-verre de son eau-de-vie, je l'ai bu d'un coup sans réfléchir. D'abord je n'ai rien senti, puis une boule de feu a explosé dans mon estomac, elle est remontée dans ma gorge en hurlant. C'était horrible et merveilleux à la fois, je comprenais mieux pourquoi il aimait tant ça. J'ai regardé le verre pour en avoir un autre mais Matti a secoué la tête.

On a mangé les oignons sur une tranche de pain, ils avaient un peu trop caramélisé mais ils étaient bons quand même. On les a fait passer avec de l'eau fraîche. Tout ça en silence, je n'avais pas dit un mot depuis qu'il m'avait annoncé que la reine Viviane, ou en tout cas sa famille, était revenue.

J'ai essuyé mes lèvres sur ma manche, je me suis levé et je me suis dirigé vers le rectangle de ciel violet qui servait de porte. Matti ne m'a pas demandé ce que j'allais faire, et je ne lui ai pas répondu que j'allais au chalet voir si Viviane était là. Ce n'était pas la peine de dire des choses qu'on savait tous les deux.

Je suis arrivé à la tombée de la nuit. Ça m'a fait un choc de trouver toutes les fenêtres ouvertes et allumées. Dans l'étreinte de la forêt toute proche c'est vrai que le chalet ressemblait presque à un château. Il y avait une 4L bleue garée devant, j'ai tout de suite reconnu celle que j'avais aperçue à la station le matin de mon départ.

J'étais arrivé par les bois pour ne pas me faire repérer, parce que je trahissais ma promesse à Viviane de ne pas cher-cher à savoir d'où elle venait. D'abord je n'ai vu que le type que j'avais rencontré plus tôt, son père, il déchargeait quelque chose et j'ai arrêté de respirer. J'en étais sûr. Il était venu tout seul. C'était la ren-trée des classes, elle ne pouvait pas être là. J'ai posé mon front sur l'écorce d'un pin et j'ai regardé une fourmi qui trim-ballait une graine. Je crois que si j'avais eu une allumette, je l'aurais brûlée de tristesse.

Et puis elle est apparue, enfin son ombre, là-haut contre une fenêtre à l'étage. Je n'avais pas besoin de plus pour la reconnaître. Caché derrière mon arbre j'ai observé longtemps sa silhouette noire, je n'avais aucun mal à la remplir, à la colorier de tout ce que j'aimais chez elle, et je rajoutais juste à la fin la touche de folie dans ses yeux.

Sa lumière s'est éteinte. Je suis resté encore un peu, pour ne pas qu'elle s'endorme toute seule. Puis je suis revenu vers ma bergerie à moi, celle où on se retrouvait avec Viviane, j'ai pris des pierres éboulées et je les ai disposées devant en forme de flèche géante qui pointait vers la maison de Matti. Ma flèche était un peu tordue, j'ai passé un temps fou à essayer de la redresser mais il faisait nuit noire. Il n'y avait que Matti dans cette direction, alors c'était dur de se tromper. Si Viviane venait le lendemain, elle comprendrait tout de suite où me trouver.

Je suis rentré, je me suis couché et j'ai fermé les yeux sur un grand sourire. Je les ai rouverts tout de suite et j'ai fait mon vieux truc, cligne-cligne-cligne, pour ne pas tenter le malheur quand tout commençait à aller mieux. Ce n'était pas la peine de faire le mariole si près du but.

Le lendemain elle n'est pas venue. J'étais tellement impatient que je faisais n'importe quoi avec les moutons, il y en a même un qui m'a mordu, et Matti a fini par grogner qu'à tout prendre il valait mieux que je ne fasse rien. Ça ne me posait pas de problème, attendre m'occupait déjà assez comme ça, j'avais toujours eu du mal à me concentrer sur deux choses à la fois.

Le soir Matti m'a dit de ne pas m'en faire, enfin il l'a dit à sa façon avec le minimum de mots. Les femmes, c'était bizarre. Je le savais déjà mais ça m'a un peu consolé. Ils étaient peut-être allés faire des courses et c'était pour ça que Viviane n'était pas venue. D'un autre côté, elle ne devait pas être là pour très longtemps parce qu'elle était censée être à l'école, alors pourquoi perdre un jour précieux ? Elle et moi, on aurait pu passer l'après-midi à la grotte, se raconter tout ce qu'on avait fait depuis la dernière fois. J'en avais des choses à lui dire. Comment j'avais échappé aux gendarmes, déchiré sa lettre, failli mourir de faim-de-soif-et-d'insolation, compté les jours sur le calendrier, rencontré Macret, revu la station et mes parents, bu de l'alcool, soigné des moutons, décidé de marcher vers la mer. À son tour elle m'aurait raconté qu'elle s'était ennuyée, qu'elle en avait profité

192

pour inventer de nouveaux jeux, qu'elle était désolée de m'avoir écrit une imbécile de lettre que je ne pouvais pas lire, et que si je voulais je pouvais rentrer habiter chez elle à Paris, elle en avait parlé à ses parents et ils étaient d'accord.

Le jour suivant elle n'est pas venue non plus. Là j'en ai eu marre de l'attendre, un gros ras-le-bol qui avait mijoté tout l'été, et cette fois j'ai décidé de prendre les choses en main.

Le troisième jour après le retour de Viviane je suis parti de bon matin et je me suis caché dans la forêt pour espionner la maison. Son père est sorti pour couper du bois. C'était un type petit et nerveux, il n'avait pas l'air très à son aise, le plateau et les montagnes donnaient l'impression d'un vêtement trop grand pour lui, je m'attendais à chaque instant à ce qu'il trébuche dessus.

Un peu avant midi, je somnolais contre un tronc quand j'ai entendu des voix. Viviane et sa mère venaient de partir par le petit chemin qui commençait juste à la porte du chalet. Elles ont coupé à travers les prés, suivant une trace dans l'herbe, et c'est là que j'ai repéré la caissette de bois qui dépassait de leur cabas. Elles allaient chez Matti pour racheter des fromages.

Elles avaient une longueur d'avance sur moi et évidemment, je ne pouvais pas me faire voir, mais il fallait que j'arrive avant elles. Viviane ne savait pas que je travaillais chez Matti et ça lui ferait une sacrée surprise de me trouver là-bas. Je ferais celui qui s'en fichait, je la regarderais à peine et puis je ferais mine de me souvenir : « Ah oui t'es la fille avec qui j'ai joué... C'est quoi ton prénom déjà ? »

J'ai fait un immense détour en courant de toutes mes forces, Matti m'a regardé sans rien dire quand j'ai déboulé et que je me suis presque affalé dans la poussière. Je ne m'étais pas trop mal débrouillé, leurs deux silhouettes venaient d'apparaître là où le champ touchait le ciel, j'ai juste eu le temps de me déshabiller, de me jeter dans l'abreuvoir et de me sécher. Mon T-shirt était trempé par la transpiration mais tant pis, je l'ai remis. Vite, je me suis plaqué les cheveux en arrière pour ressembler le plus possible à don Diego et je me suis adossé à un mur en me regardant les ongles.

Au même moment, elles ont contourné la maison pour se diriger vers la fromagerie. Viviane portait son gilet bleu, celui qui lui allait si bien. Ses cheveux avaient un peu poussé depuis la dernière fois et elle avait cassé sa mèche en une touffe brouillonne qui lui donnait un air sauvage. Dessous, elle avait les mêmes yeux qui brûlaient tout. Sa mère lui ressemblait, elle était jolie elle aussi, toute mince mais sans la force de Viviane, on la remarquait à peine à côté.

J'ai regardé de nouveau mes ongles et j'ai ajouté un sifflotement à mon numéro de celui qui s'en fichait. C'était une touche maligne, j'ai pensé, ça faisait décontracté. La mère de Viviane m'a souri, Viviane a dit « Oh, bonjour, ça va ? » puis elles ont continué à marcher sans faire attention à moi.

Je suis resté là comme un imbécile avec mes ongles et mon sifflotement. J'avais l'impression de revivre le coup de Macret, sauf que là je savais très bien que Viviane m'avait reconnu. J'ai crié « hé ! » et je les ai rattrapées en courant.

Les deux se sont retournées avec le même sourire. On s'est regardés sans rien dire, sa mère a fini par froncer les sourcils et j'ai dit à Viviane :

— C'est moi, Shell ! On a joué ensemble.

Viviane a acquiescé.

— Oui, je me rappelle. C'était sympa.

Elle a hoché la tête et elle est partie vers la fromagerie. J'ai entendu sa mère qui lui demandait « C'est qui, celui-là ? » et Viviane a haussé les épaules. Elles sont entrées dans le bâtiment, je suis resté tout seul dehors et un peu après je les ai entendues rire.

Maintenant que j'y repense, j'ai honte. J'ai détesté Viviane. J'ai *perdu du temps* à la détester. Mais c'est comme ça. Je l'ai haïe avec la même force que je l'aimais, ma meilleure amie, je l'ai haïe autant que Macret. Plus même, parce que lui au moins il ne m'avait pas trahi. Il s'était toujours moqué de moi, il m'avait toujours rabaissé, frappé, humilié devant les autres. C'était normal, on se comprenait, ça ne

changeait pas. On ne faisait pas semblant
de s'aimer un jour pour s'ignorer le lendemain.

Je me suis imaginé la tuer, comme
Macret, mais ça m'a fait comme si on
m'écrasait l'estomac, je suis tombé à
genoux dans la poussière et j'ai gémi, heureusement qu'il n'y avait personne pour
me voir. Je ne pouvais pas faire de mal
à Viviane, juste d'y penser et tout mon
corps poussait contre. J'avais envie de
vomir, je me suis relevé et je suis parti
au hasard pour ne pas être là quand elle
sortirait.

Viviane m'avait fait mal. J'étais habitué, c'est ce que les gens autour de moi
faisaient depuis que j'étais tout petit, souvent ils ne le faisaient même pas exprès.
D'ailleurs peut-être qu'elle ne l'avait pas
fait exprès non plus.

Mais ça ne changeait rien, j'étais en
colère et je ne voyais pas de meilleur
moyen pour lui dire que d'aller saccager
sa chambre.

Je n'avais pas de plan précis en arrivant au chalet mais la chance était avec moi. Son père venait de partir au volant de la 4L en direction de la vallée. Par prudence j'ai attendu que la voiture disparaisse complètement. J'avais couru pour venir, je me suis rendu compte que je n'étais même pas essoufflé. Depuis que j'étais sur le plateau, mon corps s'était endurci.

J'ai contourné le chalet. Je comptais casser une vitre pour rentrer mais je n'en ai pas eu besoin. Une fenêtre était ouverte au premier, une sorte de lucarne carrée, et la descente de gouttière passait juste à côté. J'ai escaladé ça comme un singe, je me suis glissé à l'intérieur et je me suis étalé sur le sol d'une petite salle de bains qui sentait le neuf. L'odeur me rappelait quand on avait refait les cabinets de la station, on avait mis des carreaux avec des palmiers dessus à la place du vieux papier peint. Mon père avait dit qu'avec le temps qu'on y passait, autant avoir l'impression d'être à la plage. Ça nous avait bien fait rire.

Je suis sorti sur le palier, il n'y avait que deux autres portes et un escalier qui descendait vers la partie en pierre. La première donnait sur une chambre en désordre, avec une grosse valise ouverte, des affaires d'homme et de femme mélangées. Le lit n'était pas fait, c'était tellement désordonné que j'ai dû fermer la porte. Après, par curiosité, j'ai rouvert, juste pour voir si la pièce avait changé, mais c'était toujours la même. Je savais bien que c'étaient des bobards, cette histoire de pièces qui bougeaient toutes seules. D'ailleurs le lustre n'était pas en pierre de lune du tout, c'était juste une ampoule qui pendait du plafond au bout de deux fils.

La deuxième chambre était bien rangée. Normal, c'était celle de Viviane, j'ai tout de suite reconnu sa robe sur le dossier d'une chaise. Là aussi ça sentait le neuf avec en plus une petite odeur d'antiseptique que j'aimais moins et qui m'a fait froncer le nez. Elle me rappelait l'infirmerie de l'école. On m'y envoyait après chaque raclée, Mme Giacomelli avait même un désinfectant spécial pour moi qui piquait moins, mais il ne faut pas croire qu'il ne piquait pas du tout.

Viviane avait sa propre salle de bains, j'ai pensé que c'était ça qu'on appelait « cossu » et j'ai sifflé d'admiration. En regardant par la fenêtre, j'ai vu que j'avais deviné juste, c'était bien la chambre face à la forêt.

Le seul truc, c'est qu'elle ne ressemblait pas, mais alors pas du tout, à ce que j'avais imaginé. Ce n'était pas une chambre de fille. Moi, à la station, j'avais une vraie chambre de garçon avec ses maquettes de voitures, le GI Joe des Amerloques, mes taies d'oreiller avec leurs avions imprimés dessus et un beau poster qui disait « Pas de bon repas sans Amora » (c'était vrai). Ici il n'y avait pas de choses roses, pas de poupées, pas de fleurs. Il y avait juste un lit, un bureau, une armoire, et tout ce bois neuf qui sentait encore la forêt mouillée. C'était une chambre qui aurait pu aller à n'importe qui.

Je me suis approché du bureau, une trousse et un cahier de devoirs étaient posés dessus. J'ai reconnu tout de suite l'écriture de Viviane, elle penchait comme quand on court dans une pente, de plus en plus vite pour ne pas tomber. Elle avait couvert une demi-page seulement, tout le reste était vide. J'ai pris sa trousse, j'ai voulu la lâcher par terre, après je renverserais le bureau, je ferais tomber l'armoire, je déferais son lit et j'enverrais tout voler dans la pièce.

Mais j'ai reposé doucement la trousse. Quelque part pendant le trajet j'avais lâché ma colère, elle devait être dans la luzerne à sécher au soleil parce qu'elle n'était plus sur moi, elle ne m'appuyait plus sur le front et les épaules. Je n'ai pas saccagé la chambre de Viviane, je n'ai rien défait ou cassé ou renversé. Je me suis juste assis sur le rebord du lit. C'était mieux comme ça.

J'ai été réveillé par un bruit, d'abord je n'ai pas compris où j'étais. Je me suis

redressé, sous mes fesses j'ai senti le lit
de Viviane. Ça y est, je me rappelais. Je
m'étais allongé pour réfléchir un peu.
J'avais fermé les yeux une seconde parce
qu'ils piquaient, pour les reposer.

Je m'étais endormi sans m'en rendre
compte. Un bon bout de temps apparemment, parce que le soleil n'était plus
dans la pièce. *Imbécile.* J'ai entendu des
voix dans l'escalier, le plancher du palier
a grincé et des pas se sont approchés de la
porte, des pieds qui traînaient un peu. J'ai
bondi du lit, affolé, j'ai tourné sur moi-
même, et la porte s'est ouverte.

Viviane a sursauté en m'apercevant, elle
a mis la main sur sa bouche, et moi je suis
resté là figé comme ce pauvre renard dans
la mire de mon père autrefois. J'ai regardé
la fenêtre, la porte, j'avais envie de me
glisser sous son lit et de m'y blottir, de
fermer les yeux pour que tout disparaisse
et que personne ne me trouve.

Elle a refermé derrière elle et elle s'est
retournée. Je respirais tellement vite que
je voyais des lumières. Elle n'avait jamais
été aussi belle, aussi reine que là, dans son
gilet bleu sous ses cheveux blonds, et moi

je ne m'étais jamais senti aussi bête, aussi sale, aussi sergent Garcia.

– Qu'est-ce que tu fais ici ? elle a demandé.

Je voyais qu'elle était en colère, mais quand elle parlait c'était de sa belle voix rauque et calme, et ça me faisait encore plus peur.

J'ai grogné quelque chose, j'ai cligné furieusement des yeux, j'ai fait un tour sur moi-même. Elle s'est approchée, elle m'a pris par les bras et elle m'a secoué un peu :

– Tu as trahi ton serment.

Là j'ai explosé.

– Non ! C'est toi qui m'as abandonné ! C'est toi la traître !

Elle a mordu dans sa lèvre qui est devenue toute blanche, puis elle m'a dépassé pour s'approcher de la fenêtre et regarder dehors. Sa mère nettoyait un petit potager sur le côté de la maison, Viviane m'a fait signe de parler moins fort.

– Je t'ai laissé une lettre. Je t'ai expliqué qu'on devait repartir à Paris plus tôt que prévu.

Évidemment je me suis trouvé comme

un idiot, je n'allais pas lui dire que je n'avais pas réussi à la lire, sa lettre. Alors j'ai raconté des bobards, décidément je devenais fort pour ça.

– Je l'ai pas trouvée.

– T'as trouvé les lentilles ?

J'ai réfléchi à cent à l'heure, bon sang que c'était compliqué de mentir.

– Les lentilles oui. Mais pas la lettre.

Elle est revenue vers moi, elle tremblait presque. En baissant les yeux, j'ai vu qu'elle avait le poing gauche serré de colère et, c'était drôle, la main droite ouverte en grand.

– Je t'avais dit de ne jamais chercher à me trouver.

– Mais je voulais te voir.

– C'est *moi* qui viens te voir. Tu devais attendre ! Tu avais promis, espèce de menteur !

– C'est toi l'espèce de menteuse ! Il est où ton château d'abord, hein ? Celui avec les pièces qui changent et les matelas remplis de pois du Soleil ?

– Il est là ! elle a crié en écartant les bras en grand. T'as pas compris ?

Elle a jeté un coup d'œil vers la fenêtre

et elle a continué plus bas mais avec la même rage :

— Il est là, tout autour de toi ! Tu le vois pas parce que t'as brisé la magie en venant. Dès que tu l'as regardé, tout est redevenu normal.

Je me suis tu, je me sentais vraiment misérable. C'est vrai, elle m'avait prévenu. Tout ce qu'elle racontait, c'était logique.

— Mais t'es une reine, j'ai marmonné. Tu pourrais...

— C'est fini, tout ça. Je suis redevenue comme tout le monde, moi aussi, une pauvre fille banale. Le sort est brisé. Rentre chez toi maintenant, c'est fichu.

J'ai protesté, pour moi elle était reine quand même. Viviane a rigolé méchamment, elle a répondu que si je le croyais, je n'avais vraiment rien compris.

J'ai fait un mouvement vers elle, elle a sauté en arrière et moi aussi tellement ça m'a fait peur. Heureusement qu'elle n'avait pas de fusil parce que là, je crois qu'elle m'aurait tué.

— Tu viendras me voir ? j'ai demandé.

Viviane a juste baissé les yeux, elle a secoué la tête et elle a encore dit :

— Rentre chez toi.

Elle a disparu dans sa salle de bains de luxe, et j'ai entendu le verrou tourner.

Je suis sorti par la porte de devant et je suis rentré tout droit chez Matti. J'étais triste, bien sûr. Mais d'une certaine façon je me sentais mieux. Viviane avait laissé une lettre pour me prévenir qu'elle partait, elle ne m'avait pas abandonné. C'était moi qui avais tout gâché en la déchirant, si je ne l'avais pas fait j'aurais pu demander à Matti de me la lire plus tard. Je ne serais pas allé au château, je ne l'aurais pas démoli avec mon regard qui abîmait la magie. Tout ça, je l'acceptais, c'était mieux que de ne pas savoir, de demander à mon cerveau de comprendre quelque chose de trop grand pour lui. C'était moi qui avais trahi Viviane, pas l'inverse. Ça me rassurait de savoir que c'était ma faute, parce que tout avait toujours été ma faute, que j'y étais habitué et que c'était aussi confortable que mon vieux pyjama de velours vert.

Je pense que c'est là, parmi les tiges sèches qui me piquaient les chevilles, que j'ai doucement glissé hors de l'enfance pour devenir un homme. Tout ça, c'était très simple quand on y pensait. Je n'avais qu'à aimer la colère de Viviane autant que son amitié. Elles étaient belles toutes les deux puisqu'elles venaient d'elle. Il suffisait de savoir regarder.

En arrivant j'ai tout raconté à Matti, il a dit que les siens aussi avaient une reine, alors qu'il connaissait ça. Les reines, c'était difficile, on n'y pouvait rien.

J'ai annoncé que je partirais le lendemain matin, il a haussé les épaules, c'était son geste pour dire « c'est bon ». Il a tourné les talons, puis il est revenu vers moi, il a sorti son beau canif en corne de sa poche et il me l'a mis dans la main. On n'a pas eu besoin de se sourire, on le pensait fort.

Je suis allé préparer mes affaires, c'est-à-dire mon blouson Shell, et dans ma tête j'ai commencé à faire tourner les décors pour faire revenir celui de la mer.

Il était quand même drôlement lourd.

J'ai voulu la pluie. Je l'ai tant voulue que quand elle est venue, je ne savais plus comment l'arrêter. C'était une grosse pluie rose, vert, bleu, elle prenait la couleur d'un rien. Elle assommait les oiseaux. Il a plu comme ça pendant je ne sais pas combien de temps. Les vieux disaient qu'ils n'avaient jamais vu ça. Ils parlaient de leurs ancêtres et de Dieu et du ciel et de tout sauf de la raison de la pluie : moi. Je l'avais appelée pour tout balayer, j'étais debout au milieu du plateau et je riais, je riais, elle emportait tout vers la vallée dans des fleuves de colère, tous mes ennemis, tous ceux qui n'avaient jamais cru en moi. J'ai vu passer une chaussure de clown, adieu Malocchio ! Et puis j'ai vu passer une petite robe bleue, c'est là que j'ai essayé de tout arrêter mais c'était trop tard, alors j'ai plongé pour aller la chercher.

Je me suis redressé dans mon lit, j'ai aspiré une grande bouffée d'air pour ne pas me noyer. Dehors il pleuvait à verse, j'avais pris des gouttes sur la figure parce que je dormais juste sous la fenêtre et que j'avais oublié de tirer le volet. J'ai repris mon souffle puis, à genoux sur le matelas, j'ai regardé l'orage. À chaque éclair on voyait le plateau comme en plein jour. L'été s'en allait encore un peu plus.

J'ai toujours aimé écouter la pluie du fond de mon lit, là où j'avais l'impression qu'il ne pouvait rien m'arriver. Je pensais aux pauvres lapins et aux renards et aux oiseaux qui devaient prier pour que ça s'arrête. Heureusement quand ça tombait comme ça, ça ne durait jamais très longtemps. Il ferait sûrement soleil demain pour mon départ.

Il y a eu un autre éclair et j'ai crié parce que Viviane venait d'entrer dans la maison. Matti n'est pas sorti de sa chambre pour voir ce qui se passait, mais je l'avais vu prendre sa bouteille hier soir alors ça se comprenait. Viviane était toujours habillée comme ce matin sauf qu'elle était trempée, elle me faisait penser à un épisode de *Tom et Jerry* où Tom était obligé de retirer sa peau pour l'essorer. Ses cheveux étaient plaqués sur sa figure et il y avait une flaque à ses pieds, elle respirait vite, elle avait son poing serré et l'autre main ouverte. Elle était toujours en colère, elle était toujours aussi forte, et je l'ai regardée sans rien dire, comme si c'était normal qu'elle soit là.

— Tu veux vraiment que je redevienne ta reine ? elle a demandé.

Bien sûr, j'ai dit. Bien sûr que oui.

— T'es prêt à tout pour le prouver ? À n'importe quoi ?

Elle est ressortie sans attendre ma réponse. J'ai enfilé mon blouson Shell, j'ai mis mes chaussures, les deux semelles étaient maintenant décollées et je ne pouvais plus reconnaître ma droite de ma gauche. Je l'ai suivie.

Il pleuvait moins fort, on était sous la queue de l'orage. J'ai failli demander à Viviane où on allait mais je me suis retenu. J'étais juste content d'être là avec elle, comme avant, ça ne servait à rien de tout gâcher avec mes questions idiotes. À la place j'ai juste dit :

– J'ai rêvé qu'il pleuvait. Peut-être que moi aussi j'ai des pouvoirs. Comme toi avec le vent.

Elle a continué de marcher sans répondre, peut-être qu'elle ne m'avait pas entendu. J'ai d'abord cru qu'on allait à la grotte mais elle ne m'a pas fait tourner sur moi-même. On voyait à peine où on mettait les pieds. C'était le noir des hauts plateaux, tellement profond que rien n'existait entre les éclairs, rien d'autre que nous deux. Et même nous deux dans une telle nuit, c'était facile de croire qu'on n'était pas vraiment là, qu'on s'inventait l'un l'autre pour être heureux.

Bientôt, on est arrivés à un endroit que j'ai reconnu, une sorte de colline plus haute que les autres qui montait au milieu du plateau avec un mur en ruines au sommet. Viviane m'y avait emmené au début de l'été, c'était l'un des endroits où on avait joué, elle appelait ça le Pénitent. D'un côté on montait par une pente toute douce, de l'autre ça tombait à pic sur une dalle de roche, Viviane disait qu'il devait y avoir au moins vingt mètres.

Elle m'avait expliqué que ça ressemblait à une colline mais qu'il s'agissait en fait d'un géant qu'elle avait transformé en pierre parce qu'il avait été très malpoli avec elle. Elle n'avait pas voulu me dire ce qu'il avait fait. J'en avais déduit qu'il avait dû essayer de regarder sous sa jupe, parce que je ne voyais pas ce qu'on pouvait faire de plus malpoli à une fille. Le géant était tombé comme ça, sur le côté, et l'herbe lui avait poussé dessus. Viviane disait qu'elle lui rendrait peut-être sa forme normale un jour mais que pour le moment il devait réfléchir à ce qu'il avait fait.

On a grimpé sur le Pénitent. J'ai glissé dans l'herbe, j'étais sûr de m'être écorché le genou mais Viviane a continué sans s'arrêter, alors j'ai fait celui qui n'avait rien senti et je l'ai rattrapée. On est allés jusqu'au bout et on s'est tenus tout au bord en silence pendant que la pluie se taisait, avec nos vingt mètres de vide sous les orteils. Viviane regardait droit devant elle, elle rentrait presque la tête dans les épaules. Enfin elle a parlé.

– Je ne peux redevenir reine que par un sacrifice.

Moi j'ai dit :

– Hein ?

– Si tu veux que je redevienne ta reine, tu dois prouver ton obéissance. Tu dois sauter.

J'ai baissé les yeux, il faisait noir et je ne voyais même pas en bas, bon sang c'était haut, je n'avais jamais sauté de si haut, c'était une histoire à se casser le cou.

– Si je saute, tout sera comme avant ? j'ai demandé, juste pour être sûr.

– Oui.

Un éclair a piqué l'horizon, un vrai éclair de sorcière celui-là, tordu et méchant, il s'est planté un moment dans la terre et il m'a tout montré clairement. Les gros calots de pluie dans l'herbe. La terre qui buvait, qui buvait tant qu'elle pouvait. Les éclats de mica qui brillaient dans la roche et que j'avais longtemps pris pour de l'or, avant de me faire engueuler quand on avait découvert tous les cailloux entassés sous mon lit.

Une partie de moi me disait de ne pas le faire, que c'était complètement idiot, mais au fond ce qu'elle me demandait était logique, et j'aimais ce qui était logique. J'ai regardé Viviane, elle m'a regardé elle aussi, le menton un peu en avant. Ses lèvres ont bougé comme pour dire quelque chose mais elle les a serrées pour les faire taire. Finalement j'ai décidé d'écouter la voix de la raison. J'ai fait un grand pas en avant.

Je ne sais pas si Viviane s'était vraiment attendue à ce que je saute parce qu'elle a crié, elle a essayé de me retenir, j'ai senti ses doigts qui effleuraient ma manche pendant que je m'appuyais sur les ténèbres, que je m'enfonçais lentement dedans. C'était une sensation agréable, celle de voler dans les rêves, j'ai vu la silhouette de Viviane passer à l'oblique, tout là-haut, puis des étoiles.

Soudain j'ai eu peur, tellement peur que j'ai oublié un moment ce que je faisais là, à tomber comme un imbécile. J'espérais qu'il y avait une bonne raison et que je n'avais pas fait une de mes bêtises comme d'escalader la montagne juste derrière la station, sinon j'allais me prendre une sacrée raclée à l'arrivée. Je me suis roulé en boule pour me faire tout petit.

Puis la peur est passée et je me suis souvenu. Je tombais dans les étoiles, c'était tellement beau que ça m'a coupé le souffle. Je me serais bien arrêté juste pour les regarder, j'ai essayé de les toucher mais ça ne servait à rien. J'ai tourné sur moi-même une dernière fois en arrachant de grandes poignées de ciel. J'ai senti quelque chose de solide dans mon dos, j'étais long, très long, j'avais l'impression de toucher les montagnes d'un côté et le bord du plateau de l'autre.

D'un coup j'ai rétréci, j'ai résonné comme une fourche contre un caillou, et j'ai eu mal. C'était une douleur immense, tellement qu'elle n'avait pas de couleur, elle était toute blanche, elle m'aveuglait. Tout l'air que j'avais respiré depuis ma naissance est ressorti d'un seul souffle, et d'autres choses aussi, les mensonges, les insultes, le goût du chocolat à la bougie et celui de la chicorée, le rouge des coccinelles et la sensation du coton, tout a jailli et m'a laissé vide. J'ai entendu crier, un clapotis de pas mouillés, et le visage de Viviane est apparu au-dessus de moi. Elle pleurait, des larmes d'orage et des vraies qui se mélangeaient sur ses joues blanches.

– Pardon, pardon, pardon, elle n'arrêtait pas de répéter. Pardon, Shell, je voulais pas… C'était cruel.

J'ai eu une illumination, j'ai compris ce que le mot *cruel* voulait dire, et pourquoi ce type m'avait traité de « sale con cruel » à la station. Plus jamais je n'enflammerais un insecte.

Viviane a continué de pleurer, elle marmonnait des trucs que je ne comprenais pas. Elle a voulu m'aider à me redresser mais j'ai hurlé tellement j'avais mal. Il y a eu un peu de noir et quand j'ai rouvert les yeux, Viviane était penchée sur moi, elle avait retiré son gilet bleu pour me l'appuyer sur le front.

Là j'ai vu son bras à elle, il était couvert de bleus jusqu'à l'épaule. Elle avait un gros pansement entre le coude et le poignet, avec des taches jaunes de désinfectant dessus. J'ai ouvert la bouche pour parler, rien n'est venu à part un peu d'air. Viviane a approché son oreille, elle était jolie cette oreille, elle ressemblait à la carte de Matti avec ses vallées et ses montagnes.

J'ai recommencé, j'ai poussé les mots plus fort avec ma langue, des gros cubes de métal qui abîmaient mes lèvres en sortant. Je lui ai demandé comment elle s'était fait ça, elle m'a répondu de ne pas m'en faire, elle avait glissé sur un trottoir. Ça expliquait pourquoi elle n'était pas à l'école alors.

Elle s'est remise à pleurer, on devait avoir l'air de quelque chose tous les deux, étalés dans la boue, trempés jusqu'aux os.

— C'est une sacrée nuit, j'ai dit d'une drôle de voix.

Elle a ri, reniflé et elle a dit que oui, c'était une sacrée nuit. Puis elle a mis ses mains sur mes joues, elle a serré tellement fort que ça m'a fait une bouche en cul-de-poule.

— Shell, on va partir d'ici, toi et moi.

— Toi et moi ?

— Oui.

— Mais tes parents ?

— Ma mère s'en fiche.

— Et ton père ?

Viviane a craché par terre, presque sur moi, comme si tout d'un coup je n'existais plus.

– C'est pas mon père.

– D'accord, j'ai dit. On va partir à la mer. Je connais le chemin. Ça te plairait ?

Elle a souri, elle a hoché la tête en s'essuyant le nez.

Je me suis levé, je lui ai pris la main et on est partis, on a enjambé des collines et on est arrivés à la mer au moment où le soleil se levait, on a baigné nos pieds de géants dans les vagues. La mer était encore plus belle que dans mes rêves et Viviane s'est blottie contre moi. Ça ne la dérangeait plus qu'on se touche maintenant qu'elle était redevenue reine.

Sauf que ça ne s'est pas passé comme ça, bien sûr, vu que je ne pouvais pas bouger et qu'on le savait tous les deux. Je suis resté allongé dans la boue, Viviane penchée sur moi, qui pleurait doucement. Elle a mis sa main dans mes cheveux, elle les a rabattus en arrière et elle a rigolé un peu comme la Viviane du début de l'été.

– C'est vrai que tu ressembles à don Diego de la Vega.

Elle a repris son sérieux, elle m'a regardé d'un drôle d'air et je me suis rendu compte que j'allais beaucoup mieux, j'avais moins mal, j'avais juste très sommeil, le plus gros sommeil de ma vie entière, pire encore que la fois où j'avais essayé de rester éveillé jusqu'à l'aube pour voir le père Noël. J'avais fini par m'endormir et, pas de chance, il était arrivé juste après, je l'avais raté de peu. Il n'avait pas voulu me déranger mais il m'avait laissé un chouette circuit électrique. Le circuit était tombé en panne quand mon père avait marché dessus par accident.

— T'inquiète pas, Shell, je vais chercher quelqu'un.

J'ai voulu retenir Viviane mais c'était trop dur. Je n'ai pas pu parler, lui expliquer que je ne m'inquiétais pas et qu'au contraire, je ne m'étais jamais senti aussi bien. C'était juste dommage que mon père l'ait cassé, ce circuit.

Quand j'ai rouvert les yeux, j'étais tout seul. Ça m'a rappelé la fois où j'avais eu de la fièvre dans la bergerie, sauf que ce coup-ci je savais que Viviane allait revenir. Mais je ne la reverrais pas.

Je n'avais plus peur, moi le fils des Courtois de la station-service, celui qui ne grandirait jamais. J'ai ri, on a dû m'entendre jusque dans la vallée. Le Dr Bardet s'était trompé et tous les autres avec lui. Sur ce plateau j'avais grandi. Grâce à Viviane j'étais devenu immense, j'avais touché le ciel d'une main et la terre de l'autre. Le monde avait retrouvé sa reine et c'était grâce à moi.

Le soleil s'est levé, poussant un de ces vents chauds qui font parfois croire que l'été revient. Il ne revient jamais. Finalement toutes les saisons mentent. Je ne sais pas comment, j'ai réussi à m'asseoir et à m'adosser au rocher face à la lumière.

J'ai fermé les yeux une dernière fois. Je me suis penché dans le vent comme un tas de sable, un de ces châteaux tordus que je faisais l'été de mes vacances au lac et que les autres gamins venaient piétiner. J'ai vu tout le plateau, j'ai vu les montagnes et j'ai vu la station, là, tout en bas, avec encore la trace du vieux logo sur le toit. Ma mère s'habillait, elle secouait mon père pour qu'il libère le canapé. Je me suis vu moi, rouge et jaune dans mon beau blouson. J'ai vu Viviane qui courait dans les herbes.

Voilà. Tout était bien.

Il ne restait plus au vent qu'à souffler, à souffler jusqu'à m'effacer de cette histoire, si elle a existé.

DU MÊME AUTEUR

Aux Éditions de L'Iconoclaste

MA REINE, 2017 (Folio n° 6583). Prix du Premier roman
2017, prix Femina des lycéens 2017, prix « Envoyé par la
Poste » 2017, Étoile du *Parisien* du meilleur livre de l'année
2017, prix du Premier roman de la Forêt des Livres 2017,
prix Terres de France 2017, Talent Cultura 2017, prix
Alain-Fournier 2018, prix Fondation Jacqueline-de-Romilly
2018, prix Rendez-vous du Premier roman 2018 (Québec),
lauréat du 31ᵉ Festival du Premier roman 2018 (Cham-
béry), prix La Passerelle 2018, prix Terres de Paroles 2018.

Composition Nord Compo
Impression Novoprint
à Barcelone , le 20 novembre 2019
Dépôt légal : novembre 2019
1er dépôt légal dans la collection : janvier 2019

ISBN 978-2-07-275066-3./Imprimé en Espagne.

365922